マツリカ・マジョルカ

相沢沙呼

角川文庫
19617

目次

原始人ランナウェイ

1

姉さん、大変です。僕は今、原始人を捜しています――。

もっとも、そんなものが本当に見つかるなんて、かけらも信じていないけれど……。

茜色（あかねいろ）の陽差しが眩（まぶ）しい。普段、ほとんど使わない携帯電話のカメラを掲げて、シャッターを切る。夕陽の煌（きら）めきに照らされる校庭は綺麗（きれい）だったけれど、この貧相なカメラはその様子をみじんも捉（とら）えることができなかったみたいだ。液晶画面には、逆光で黒く滲（にじ）んだ暗鬱（あんうつ）な風景が表示されている。旧校舎裏の狭いグラウンドは、ほとんど無人といっていいくらいに人気がなかった。今日もカメラに原始人は写っていない。当然だよ。

『原始人、現れません』

シャツの袖（そで）で汗をぬぐいながら、携帯電話にそう打ち込んだ。写真を添付して、送信。速攻で、返信がくる。

『引き続き、調査されたし』

ため息が漏れた。六月のこのクソ暑い陽差しの中、放課後の校舎裏で原始人を捜している高校生なんて、世界中を捜し回っても僕くらいなものだろう。ホント、自分でもバカだと思う。事の始まりは、三日前に遡る——って、もう三日もこんな無駄なことしているのかと思うと、少し悲しくなった。

2

走るのは嫌いだ。全力疾走なんて考えられない。息は上がるし、足は痛むし、動悸が止まらなくなって、そして最後には無様に転ぶ。いつだって周囲の視線は痛い。どうしてそんなに遅いんだって。どうしてそんなところで転ぶんだって。無言で野次をぶつけられているような気がして、それでも苦しい思いをして走らなきゃいけない。走りきったところで、いいことなんてなにもないのに。だからリレーとかマラソンは、昔から大嫌いだ。

携帯電話を握りしめながら、騒々しい廊下を歩く。まっすぐに前を向いて歩くことはしない。見えるのは、ほとんど汚れていない上履きの爪先だけ。

中間試験の結果は芳しくなかった。数学と日本史は惨敗で、世界史に至っては赤点。答案用紙が返されると、教室のみんなはそれを見せてじゃれあう。男子は点数の低さを競い合い、女の子達は友達の頭の良さを褒め合っている。僕は一人、テスト用紙を折りたたんで鞄（かばん）に仕舞い込んだ。中学生気分が抜けきらない無邪気な声が、とても煩わしい。だから放課後はすぐに教室を抜け出して、こんなふうに廊下を抜ける。そう、抜けるという表現が正しい。教室や廊下の空気は、なんだか息苦しいから。

校舎を出ると太陽が眩しかった。空の端を遮るように、普段はほとんど気にしたことのない雑居ビルの姿が視界に入る。ぎょっとした。ビルの四階くらいのところで、人が窓から身を乗り出している。今にも落ちそうだった。

もしかして、自殺？　女の子のようで、制服を着ている。たぶん、同じ学校の子。逆光気味で、あとはよくわからない。嫌な予感。周囲を見渡しても、見知らぬ生徒達が能天気に歩いている姿ばかりが目立つ。

ビルから身を乗り出す影に、他の子は誰も気付いていないようだった。今なら僕も気付かなかったふりをして、このまま見過ごして歩くこともできる。でも、このままビルを通り過ごし、暫（しばら）く歩いたあとで背後から嫌な音がしたらどうだろう。タイミング悪いなぁ。

学校へ戻って、大人達に報（しら）せるべき？　それとも警察に電話をするとか？　知らない相手に電話をするのは苦手だった。僕は自分の声が嫌いだから、それを相手に聞かせる行為は苦痛でしかない。ビルの真下まで歩いて、空を見上げる。女の子は白い脚をまっすぐに宙へ伸ばしていた。

結局、逃げる勇気は湧いてこなかった。かといって、他人の自殺を止める勇気なんてものもない。なにも今日みたいに空が綺麗な日に自殺しなくてもいいのに。あのさ、そんなところから飛び降りたら、きっと死体が大勢の生徒達の眼に付くよ。それを想像して恥ずかしく思わないわけ？

五階建ての雑居ビル。同じような建物が幾つか並んでいる。外階段はないみたいだ。ビル自体は今は使われていないらしく、看板も出ていない。一階はシャッターが中途半端に下りていて、屈めば中に入ることができそうだった。ぽっかりと開いた暗い入り口。僕はそこに身体を滑り込ませる。雨戸かなにかが窓の光を完全に遮っていて、中は真っ暗だった。携帯電話の液晶画面の明かりを頼りに、階段を探す。埃と錆の臭いが鼻を突いた。

床にはプラスチックの小さな部品がたくさん散らばっていて、歩くたびに靴の裏に硬い感触が返った。壁紙が中途半端に剝がされていて、泥棒が入ったのか、借金取りが家捜ししたのか、うーん、とにかく真っ当な様子じゃない。

わざと咳払いをしながら、階段を上る。足は自然と二段飛ばしになっていた。のんびりしている間に死なれたら困る。警察に疑われたら嫌だし。早くしなきゃ。

四階に着く頃には緊張と息切れで心臓が激しく脈打っていた。普段、一気に階段を駆け上がるなんて滅多にしない。運動は嫌いだ。しんどいし。

踊り場の窓から光が差していることに気付いた。雨戸が開いている。廊下に顔を出すと、物が散乱して埃が舞う薄暗い部屋が見えた。人の気配がする。けれど、いざとなると困った。なんて声を掛けよう。あの、すみません、道に迷っちゃって、とか？少なくとも、自殺は駄目だ、自殺なんてしちゃいけない！とかドラマみたいな台詞（せりふ）は恥ずかしくて言えそうになかった。携帯電話を握り締め、四階の部屋の奥をそっと窺（うかが）う。

窓からの陽差しが、室内を照らしている。たぶん、教室の半分くらいの大きさ。崩れた壁からむき出しの配管が何本も顔を覗（のぞ）かせている。大小さまざまな戸棚が倒れたまま、硝子（がらす）の破片を床一面にまき散らしていた。廃墟（はいきょ）だ、と思った。

その廃墟の窓辺に、彼女は腰掛けていた。こちらに背を向けて、外に身を乗り出している。腰の辺りまでまっすぐに伸びた黒髪が印象的な女の子だった。こんなに髪の長い子は見たことがない。一瞬、幽霊でも見てしまったような気になって、背筋が震えた。彼女は飛び降りるのに逡巡（しゅんじゅん）しているのか、じっと静止したまま動かない。

どうしよう。第一声は、どうするべき？

「あ、あの――」

結局は、驚かせないように静かな声で、それだけを言った。あとはなるようになれ。まだ激しく脈打っている心臓が、この静寂の中でどくどくと音を立てて動いている。

息切れもあって、気を抜くと倒れてしまいそうだった。

彼女がこちらを振り向いた。血の気が引くような気がした。羞恥に頬がほてり、この場から逃げ出したくなった。ごめんなさい。なんでもないです。そう言って走り出したかった。

横顔を向けた彼女は、黒くて頑丈そうなごつい双眼鏡を顔の高さに持ち上げていた。長い髪の合間から覗く白い耳には、イヤフォンが繋がっていて、ブラウスの胸ポケットにコードが延びていた。臙脂色のネクタイが、凛々しい彼女の横顔を引き立てている。どう見ても自殺しようとしている人間には思えなかった。だからといって、真っ当な人間のようにも見えない。こんな廃墟の雑居ビルで、窓から身を乗り出して双眼鏡を覗いているなんて、僕の知る限り普通の女の子はそんなことをしない。

そう、女の子。年上だ、と思った。その凛々しい横顔は、同年代の女の子が持っている無邪気さとは遠く隔たったもののように見えた。冷たく落ち着いた黒い瞳で、じっと僕のことを観察している。心臓の音が、どんどんうるさくなっていく。どくん、どくんと、耳を直接打っているみたいに。目眩がした。

「あの、道に迷ってしまって」

あまりにも冷たい眼で観察されるのに耐えきれず、僕はアホみたいな言い訳をした。実際には噛んでしまって、あぉ、いちにあよってしあって！　というような奇声を発してしまった。死にたい。

彼女の眼はじっと僕を見つめていた。切れ長の、大きな眼だった。女の子に熱心に見つめられたのは初めての経験で、どんどん顔が赤くなるのを自覚する。

暫く黙っていた彼女は、ようやく手にしていた双眼鏡を下げた。空いている方の手で窓枠を摑むと、向こう側から白い太腿をゆっくりと室内に下ろした。彼女の脚がしなやかに折り曲げられ、窓の向こうからこちらへ降りる。思わず眼を見張り、喉が鳴った。心臓が止まる寸前だった。タータンチェックのプリーツの裾がするりと肌を滑り落ちて、その露出の範囲を過剰なまでに大きくする。扇状に広がりながら、腿に擦れる短いプリーツの立体的なラインを、僕は注視していた。陽光に照らされる彼女の肌はまるで死体みたいに白かった。

「おまえ、名前は?」

はっとする。視線を上げると、彼女はこちらに向き直り、窓枠に腰掛けていた。冷や汗が背中を伝う。彼女の声はとても静かで、むき出しの敵意と機嫌の悪さを濃縮して込めたような冷たいものだった。怪しいものではありませんすみませんでしたと一目散に逃げ出したかった。けれど僕は蛇に睨まれた蛙のように動けない。というか怪しいのはどちらかというと彼女の方だった。

「えと。し、柴山」圧倒されて、噛みながらも無意識に質問に答えていた。「柴山祐希、です」

「なにかご用？」

「いえ、その」口ごもる。自殺を止めに来ました、なんてことは言えなかった。まったくもって勘違いも甚だしかった。一箇所の窓からしか明かりの入らない室内へ視線を泳がせ、でたらめに答える。「な、なにしてるのかなって思って」

彼女は眼を細めた。物珍しいものでも見るみたいにして、僕を見下ろす。窓に腰掛けているせいもあるだろうけれど、僕よりも背が高そう。肩に落ちる長い髪を片手で払って、声の冷たさはそのままに、愉快そうに彼女は言った。

「わたしはね、原始人を捜しているのよ」

「は？」

「原始人よ」

姉さん、どうしましょう。僕は、頭のおかしい人と関わってしまいました。

「原始人って、その、大昔の、あれですか。紀元前の、昔の人ですよね」

「おまえ、阿呆でしょう。それ以外になにがあるというの」

極めて高慢に、彼女は言う。自分以外の人間や物事をすべて見下して愉悦に浸るような、意地の悪い人間のする表情だと思った。その様子は僕を苛立たせるのに充分だった。初対面でおまえ呼ばわりとか、阿呆とか、ありえなさすぎる。相手が女の子で、しかも思わず太腿を注視してしまった負い目がなければ、さすがの僕もキレていたに違いない。

「仰(おっしゃ)ってる意味が、よくわからないんですけど……」

「あら」不快感をストレートに滲(にじ)ませた言葉を意にも介さず、彼女は気だるげに眼を細めた。「おまえ、知らないの？　夕刻になると旧校舎裏に現れるという、原始人の話を」

彼女は肩越しに窓の向こうを見遣(みや)った。そこからは僕の通う学校が見えるはずだった。

原始人の噂には、聞き覚えがある。他愛(たわい)のない怪談のひとつだ。夕方になると旧校舎の裏に、どこからともなく原始人が現れる。原始人は謎の雄叫(おたけ)びを上げながら、校庭の向こうへと全力疾走して消えていく——などという、わけのわからない笑い話のような怪談だった。入学して二ヶ月しか経っていない僕でも耳にしたことがある。学校では有名な話なんだろう。で、おまえ呼ばわりはそのままなんですか？

続ける言葉が思いつかなかった。双眼鏡を覗いて、廃墟の四階から原始人を観察しているという彼女の言葉を、頭に反芻(はんすう)させる。本気だろうか。そういえば、双眼鏡が彼女の手から消えている。視線を巡らせると、窓のすぐ側に場違いなティーテーブルがあった。木製のわりとしっかりとした作りのもので、部屋の隅でくたびれている戸棚の類に比べるとえらく綺麗だった。その卓上にはティーカップと双眼鏡が置かれている。

「丁度良かった」虚言や緊張といったものとは無縁の落ち着いた表情で、彼女が話を続ける。光沢を帯びたピンクの唇が、微かに笑みを描いていた。「おまえ、原始人の調査をする気はなくて？」

なにを言われたのか、理解に苦しむ。原始人の調査？　僕の脳内で、電柱の陰に隠れた銭形警部のような刑事が、いちごスペシャルサンドを齧り双眼鏡で古びたアパートを覗いていた。こちら銭形、ホシはまだ姿を現さない。どうぞ。

「原始人の調査よ。放課後になったら、原始人が現れるという場所で、校庭を監視するだけの、簡単な仕事」

わりと想像通りだった。

「おまえの携帯電話、カメラがついているでしょう？」

「え、それは、まぁ」

「貸して」

彼女は窓枠から離れた。長い髪を揺らして、新品のように磨かれたローファーを床に着ける。緩慢な動作の手招きに誘われて、僕は窓辺に近付いた。すっと眼前に立たれると、やっぱり背が高い。鼻を擽る甘いイチゴの匂いにやられたみたいに、僕は無造作に、右手に握っていた携帯電話を差し出していた。本当にいい匂いだった。女の子って、どうしてそんなにいい匂いがするんだろう。姉さんと一緒に、並んで座ってテレビを見ているときもそうだ。網戸から流れる風が運ぶその甘い匂いに、僕はいつも集中力をかき乱されていた。だから姉さんとテレビを見るのは嬉しいのだけれど、たまらなく恥ずかしい気持ちになる。

ぼうっとしている間に、彼女は僕の手から携帯電話を摘むように手にとった。催眠術にでもかかってしまった気分だった。この匂いはなんだろう。シャンプーの匂いなんだろうか。イチゴの匂いがするシャンプーなんて、あるのかな。室内に風が流れるたび、それが僕の鼻を掠めていく。僕の携帯電話は古いものだったけれど、同じメーカーのものを使ったことがあるのかもしれない。彼女は慣れた手つきでそれを操作する。と、突き出すようにして返された。

「おまえの電話帳に、わたしのメールアドレスを登録しておいたから。放課後になったら、校庭を監視して、一時間ごとに写真を撮ってわたしに送信するの。簡単でしょう」

見慣れた自分の携帯電話。その電話帳に、新しく加わった項目がある。僕はその名前を読み上げていた。

「マツリカ……？」

カタカナでそう打ち込まれている。登録されたのはメールアドレスだけで、電話番号はなかった。

「わたしの名前」

奇妙な話だった。放課後に、怪談の原始人を捜して、写真を撮ってメールで送る？　この、廃墟(はいきょ)で双眼鏡を構えている彼女に対して？

「あの、やっぱり止めておこうかなって」彼女は頭がおかしいのかもしれない。引き返すなら今のうちだった。柔らかな匂いを振り切るように、僕は一歩を下がった。それには少し根性が必要だった。相手が男だったらこんな苦労なんてしないのに。「勉強とかしないといけないし、結構、忙しくて」

「勉強ね」そう言って、彼女は窓辺に手を突いた。「一年C組、柴山祐希。数学と日本史の点数は酷(ひど)いものだったわね。世界史は赤点だったかしら？　確かに、勉強の必要はありそうね」

ぎょっとする。ネクタイで学年がわかるとしても、クラスまで言い当てられるはずがなかった。ましてや、誰も知らないはずの試験結果のことなんて。

「え、あ、なんで」

彼女は窓辺に腰を付けるあの姿勢に戻っていた。眼を細め、面白そうに笑みを浮かべて僕を見ていた。この人、なんなんだ？　魔女めいた長い黒髪を指先で弄(もてあそ)びながら、彼女は言った。

「おまえ、ほぼ毎日、昼と放課後の同じ時間帯に電話をしているようだけれど、姉に対して過剰な執着や愛情を抱いているの？」

頬がかっとなった。確かに僕は、地元の友達にシスコンとからかわれるくらいには姉と仲がいい。けれどそのことを知っている人間は高校にはいないはずだった。手にした携帯電話を見る。単純に、さっき貸したときに、携帯電話の履歴を覗（のぞ）き見られたんだと遅れて気付いた。

「ひ、酷いじゃないですか。そんな、勝手に見るなんて」

マツリカと名乗った彼女は、ますます魔女めいた不敵な笑みを浮かべていた。僕は羞恥（しゅうち）のあまり、そのまま窓に向かって走り出したかった。そしてこの世から消えてしまいたい。自殺を止めに来たのに自分が自殺したくなる仕打ちに遭うなんて、なんて酷い運命だろう。

「おまえ、怪文書というものをばらまかれたことはあって？　滅多にできる体験ではないわよ。わたしも滅多にすることではないのだけれど」彼女は髪の一房を指先で摘んで、それを擦るように弄びながら告げた。「一般的に言うところの、シスコンというものかしら？　まぁ、おまえの趣味や性格、テストの成績が学校にばらまかれたところで、興味をもつ人間は誰もいないでしょうけれど。さしたる地位があるわけでもないようだし」

愕然とした。酷い脅しだった。彼女を睨み返すが、冷たい眼差しを向けられるだけで、僕の方がなぜか萎縮してしまう。

「放課後に、原始人が現れるかどうか、監視するだけの仕事よ。まだ遠慮するつもり？」

「監視って、写真を撮ればいいんですか」

羞恥を振り切るように、僕は聞き返す。

「そうよ。ただし、原始人が現れたら、捕まえるの」

「現れなかったら？」

「現れるまで、根性を見せなさい」

そりゃ無茶だよ。

「なにもただ働きをしろとは言わないわ。そうね、放課後の報告ついでに、おまえの苦手な勉強を見てあげましょう」

覗き込むようにしながら、彼女が顔を近づけてくる。綺麗な眼だった。その距離の近さに、息を吞む。勉強を見てくれるって、どういうことだ？　放課後の報告って？　もしかして、この部屋で？

奇妙な期待感と躊躇があった。僕はなにも言えず、ただ黙ったまま顔を背けた。こんな至近距離で女の子を見返す勇気はなかった。いつの間にか、開いた窓から差し込む陽は茜色(あかねいろ)に変じていた。陽が落ちる床の隅は埃(ほこり)っぽく、この場にあるティーテーブルと、その脇に佇(たたず)んでいる彼女の姿だけが場違いだった。

まだ息切れが続いているわけじゃないのに、心臓がどきどきと高鳴っていた。風が、彼女の柔らかな薫りを運んでくる。やけに蠱惑(こわく)的で、僕の眼を惹(ひ)きつける唇が、甘やかに誘惑の言葉を口にする。二人きりの部屋。勉強。プリーツ。艶(つや)やかな唇。イチゴの匂い。あらゆるものが、僕を引き留めようとするようで。まだ、頭がくらくらしている。どきどき、くらくら。相手は、頭のおかしい変な女の子だっていうのに。得体の知れない、魔女みたいな子だっていうのに。

きっと、僕もどこか頭がおかしいのかもしれなかった。

3

もう五時半になる。監視を切り上げて、校庭を歩いた。当然ながら、原始人は未(いま)だ現れない。まぁ、この先もずっと現れないと思う。とたんに、メールが着信する。マツリカさんだった。

『写真はもういい。情報収集せよ』

簡潔にそう書かれていた。無理難題だ。走って消える原始人なんていう怪談に関して、どうやって情報収集しろって？　僕には友達がいないし、自分から知らない相手に話し掛けるのも苦手だった。こういうのって、新聞部とかが詳しかったりするの？　まったくもって伝手がない。嫌だよ、そんな、知らない教室や部室に足を踏み入れるのは。めんどくさいし。

『誰に聞けばいいですか』

とりあえず校舎に戻りながら、そうメールを返した。すぐに返信があった。

『自分で考えなさい。阿呆』

イラッとした。

校庭から、あの雑居ビルのある方に視線を向ける。辛うじて、ビルの壁面が遠目に判別できた。たぶん、彼女は今日も双眼鏡で学校を観察しているに違いない。なんて変人だ。あれから二回、マツリカさんとあのビルで会ったけれど、彼女は相変わらず双眼鏡で学校を観察しているばかりで、僕のことなんてまるでお構いなしだった。今のところ勉強を教えてくれる様子はみじんもない。それでもなんとなく、こうして原始人を捜すフリをしてしまうのは、なんでだろう。

校舎に入り、溜息を漏らす。どうしよう。情報収集なんて本当にあてがなかった。このまま逃げ帰ったら、監視している彼女にバレてしまうかもしれない。二度目の溜息を漏らしたとき、メールの着信音が鳴った。

『実習生』とだけ書かれていた。

一週間くらい前から、教育実習生がこの学校に来ている。僕のクラスに付いた紺野先生は、快活ながら生徒にこまめに気を配ろうとしている先生だった。明るく頼れるお姉さんとして女子達から慕われていて、つい昨日も、今日は先生の誕生日らしいよと、情報を仕入れたクラスメイトが慌ててお祝いの品をかき集めていた。要するに、人気者。

でも、僕は紺野先生が苦手だった。彼女の顔を思い浮かべると、それだけで憂鬱になる。体育祭のあの日。擦りむいた肘の感触や、彼女の励ます声を、思い出してしまう。決して嫌いなわけじゃない。そういうわけじゃないんだけれど……。

紺野先生はこの学校の卒業生らしいから、原始人の噂に関してなにか知っているかもしれない。躊躇はあった。けれど他の実習生とはあまり面識がなかったし、話を聞くとしたら紺野先生がいちばんいいのは事実だった。この時間、実習生はどこにいるんだろう。とりあえず職員室の方へ向かうと、運良く紺野先生が職員室から出てきたところだった。紺野先生は僕の姿に気付いたようで、おやっという顔をする。でも、なんて声を掛けよう。そう躊躇った瞬間、背後から先生と声が届いた。女の子の声だった。振り向くと同じクラスの小西さんが花束を抱えてこちらへ小走りに寄ってくる。

彼女の髪はとても短く、ボーイッシュな風貌をしている。僕は彼女の、じろりと人を睨むような目つきが苦手だった。彼女は花束を抱えたまま、僕と紺野先生を交互に見た。「先に先生に用だったか？」

「いや、べつに」僕は悪いことでもしたみたいに、慌てて首を振る。

「小西さん、それ、どうしたの？」紺野先生が言う。それ、というのは花束のことだろう。

「落とし物。校舎裏に落ちてて、部室が近くだから。で、職員室に届けようって話になって」

紺野先生は不思議そうな顔をした。遅れて、僕も理解する。花束の落とし物なんて、なんとも奇妙だった。

「それは、その、供え物とかじゃなくて？」

僕が発した疑問の声は、ぼそぼそとして聞き取りにくいものだった。言い直そうと思ったときには、小西さんが答えていた。

「違う。今までこんなのはなかったって先輩達が言っているんだ」

「ユリ、じゃないよね？」

僕はキクとユリの見分けが付かないほど花に関して疎いけれど、小西さんが抱える白い花は、そういったものを連想させた。

「これは、カサブランカね」紺野先生が、花束を覗き込みながら言った。「ほら、結婚式のブーケとかに使われたりする花よ。贈り物にするなら、定番中の定番」

「先生、詳しいんだ」

小西さんは感心したみたいだった。少し眼を見張るようにして、紺野先生を見ている。僕と同じで、花を見ても名前がわからないタイプの人間なのかもしれない。

「これでも園芸部のOGだからね」

「えっ、園芸部なんてあるのか？」

小西さんが驚く。僕もちょっと驚いた。

「そりゃ、あるよ」紺野先生は、なぜか胸を張って言う。「小西さんも入る？」

「あたしは遠慮する」彼女はちょっと笑みを浮かべた。「花とかぜんぜんダメなんだ。それに、今は写真ヒトスジだから」

「残念。それじゃ、これは私が届けておくね」先生は小西さんから花束を受け取った。

「あ、シバくんは、私に用事だった？」

答えに詰まった。口にするには、あまりに突拍子もない用事だった。

「あたしがいたらまずい？」

小西さんはそう気遣ってくれた。けれど奇妙な誤解をされるのもいやだったから、彼女が踵を返すより早く、僕は言った。

「その、原始人の話を、知っているかなって思って」

二人はぽかんとした。当然の反応だった。超絶に恥ずかしかった。

「その、そういう、噂があるみたいなんだけど……。先生は、なにか知っているかなと思いまして」

「原始人って、あれか」小西さんは鼻を鳴らし、愉快そうに笑った。どうしてかそのとき、僕は自分がバカにされたような気がして怖くなった。「夕暮れになると、石斧(いしおの)を持って現れて、校庭を駆け抜けていくっていう」

「ああ、その噂ね」紺野先生は思い当たることがあるようだった。「まだあったんだ」

「柴山、なんでそんなこと調べてるんだ？」小西さんは唇を奇妙に歪(ゆが)めていた。今にもくすくすと笑い出しそうな唇のかたちだった。「お前、新聞部だっけ？」

「いや、違うんだけど」変なものでも見られているかのような気分だった。小西さんがこのことを教室に持ち帰って、明日の朝こんなふうに広めてしまうのではないかと想像した。昨日、柴山の奴がさ、原始人の噂とか調べてて。あんな怪談のこと聞き回るなんて、中学生かよ、あいつ絶対頭どうかしてるって。もちろん、それはただの被害妄想でしかない。僕の話なんて、きっと、笑い話にすらならないだろう。「でも、まぁ、そんな感じ」

「ふぅん」小西さんは納得したのか、頷(うなず)いた。顔を紺野先生に向けて、片手を広げ、促す。「先生、なにか知ってるの？」

「うーん」先生はちょっと困ったふうに笑う。「まだ残ってるなんて、意外だなぁ。やっぱ高校生になっても、みんなこういう話って好きなんだね」

花束を抱え直した先生は、「ちょっと歩こうか」と言った。僕と小西さんは、互いに顔を見合わせた。彼女が肩を竦めるのを見て、僕は先生を追いかける。途中、吹奏楽部がパートごとに分かれて練習している教室を幾つか通り過ぎて、渡り廊下に向かう。音合わせのこの音色は、放課後の黄昏時にやってくる独特の寂しさみたいなものをよく表していた。なんとなく、この音色は好きだ。

「丁度ね、私が二年生の頃に流行りだした噂だったんだ」紺野先生は、ちらりと夕陽が差し込む窓辺に顔を向けた。眩しそうな表情だった。「結局、一度も実際に見たことはなかったんだけれど、男の子達の間で流行っていた噂みたい。女子で見たことがある子って少なかったと思うよ。最初に聞いたのは、今日よりもずっと暑い頃だったから、たぶん七月くらいの話だったと思う。男子達が噂してたの。校舎裏を、原始人が走ってたぞって。全力疾走で、大声を出しながら、走って消えていったって。もちろん、みんなそこまで子供じゃなかったし、怪談なんて信じるはずがないから、その話を聞いても笑ってすませちゃってたけれどね。でもね、そのときから、原始人を見たっていう男の子はどんどん増えていったんだ」

三階の渡り廊下の窓辺から眼下を見て、紺野先生はそう語った。眩しげに細めた双眸は、昔の懐かしいできごとを幾つも思い返しているようだった。僕らに語ること以上のたくさんのできごとが、あの校庭をよぎっていったのかもしれない。ふと、なんとなく思った。僕がこの高校を卒業したら、あんなふうに昔を懐かしむ日がいつかくるんだろうかって。眼を細めて、眩しいものを見るみたいにして、遠い過去の光景を思い描く日なんて、僕には想像が付かなかった。それだけの輝かしい価値のあるものが、これから先訪れるとは思えなかった。

「先生の友達で、直接見たことがある人って、いなかったの？」

小西さんの質問に、紺野先生は振り返って笑った。

「ほら、ああいう話って、友達の友達が見たんだけれど……って感じで始まるでしょ。それに、男子の間で盛り上がっていた噂だったし、私は詳しくなかったんだ」

「最近、見たことがある子って、いるんですかね」

僕は聞いてみた。紺野先生は首を傾げ、小西さんを見た。最近のことなら、自分よりも君達の方が詳しいのでは、といった表情だった。小西さんは首をふる。「あたしは、知らない」

「ま、結局のところは、ただの噂話よ。夕暮れに原始人が走り回るだなんて、なんだか滑稽で面白いでしょう？　そんな光景をみんなで想像して、笑い合うための……、そう、怖がるための怪談とは違うあたりが、ちょっと変わってるけどね」

そろそろ仕事に戻るね、と言って、紺野先生はその場を去っていく。携帯電話がポケットの中で振動し、僕はそれをこっそり取り出した。小西さんは面白い光景でも見つけたように、窓から空を仰ぎ見ている。

『あの花束に関して、情報収集』

メールにはそう書かれていた。どうして花束のことを知っているわけ？　窓の外を見る。あのビルが遠くに見えた。眼に浮かぶのは、窓から双眼鏡を覗くマツリカさんの後ろ姿だった。どうも彼女は日頃から学校に行かず、ずっと校舎を観察して過ごしているらしい。なんで僕の試験結果を知っていたのかと聞いてみたら、窓際の席で答案を受け取った僕の姿をたまたま見ていたのだという。なるほど、クラスまで特定できるわけだと思った。なんて変人だろう。

「それじゃ、あたし帰るから」

小西さんの言葉に、慌てて声を掛けた。あのっ。小西さんは意外そうにまばたきを繰り返して言った。「なに？」正直、まったく話したことのない女の子と二人きりで会話をするには勇気が必要だった。僕の声はどこか裏返っていたと思う。

「その花束って、どこにあったの？」

「部室の外。旧校舎の裏だよ。暗室で作業してたんだけど、あまりにも暑くって、部室から顔出したら外に落ちてて」

小西さんは、花束のことを落ちてたと表現している。

「ホントに落とし物なのかな」

「持ってくる途中、鶴岡先生とすれ違って、怒られた」小西さんは気まずそうに頭をかいた。こうしてよく見ると、彼女の前髪は思いのほか長い。癖毛なのか、僅かにウェーブを描いている前髪は、第一印象を覆すくらいに可愛らしかった。「あの人、なんだか苦手でさ、眼を合わせないように歩いてたんだけど、すれ違うときに、さっさと戻してこいって怒鳴られて。鶴岡先生も、供え物だと思ったみたい。でも先輩達はさ、あんな場所で誰も死んじゃいないって言ってるんだ。フツー、そんなところに花束を供えたりしないだろ？」

だからって、落とし物だと思い込む小西さんも普通じゃない気がしたけれど。

「鶴岡先生って、実習生だっけ」

そうだよ、と彼女は頷いた。ずっと断続的に届いていた吹奏楽部の音色が途切れていた。小西さんはすっと眼を細めたまま僕を見ていた。彼女はいつもこんな眼をする。重たそうな瞼と、睨むように鋭い視線。わけもなく蔑まれているような気がした。いたたまれなくなって、僕はそれじゃと呟き、その場から逃げるみたいに去った。

4

今日のマツリカさんは、白い天体望遠鏡のようなものを覗き込んでいた。そんなの、この前に来たときもあったっけ？　長い髪が緩やかに曲線を描き、身体を屈めてこちらへと突き出すようにしているお尻に届いている。

異様な光景だった。薄暗い部屋の下じゃ、短いスカートの端から下に覗く空間は、暗く闇に隠されているようだった。彼女の白い脚にも、影が伸びている。

どうしよう、声を掛けるべき？　彼女のその格好に少し見とれて、わけもわからず緊張する。プリーツの暗い闇は、なにが見えるというわけでもないのに、僕の視線を惹きつけていた。たとえ彼女が頭のおかしい子だとしても、女の子であることに違いはない。こちらに気付かないまま、無防備に望遠鏡を覗き込んでいる彼女の姿勢に、背徳めいたものを感じる。

「報告は？」

ぞっとした。振り返らないまま、冷たい声で彼女が言う。気付かれていたなんてかけらも想像していなかった。浅はかな欲望をみっともなく曝してしまった気がして、頬が赤くなる。必死に言い訳を見繕う。違う。違うんです。決して僕は、あなたの腰や太腿(ふともも)に見とれていたわけじゃなくって。

「あの。声を掛けるべきか、その、迷って」

「報告は？」

溜息(ためいき)混じりに、彼女は言った。こぼれ落ちる髪をかきあげながら、望遠鏡を覗き込んでいた身を起こす。切れ長の眼が、僕を振り返った。退廃的な空虚さの中で、凛(りん)とこちらを見返している。黄金色の陽差しを背に受けるその姿は、やっぱり綺麗(きれい)だった。他に誰もいない廃墟(はいきょ)の中で、僕と彼女は二人きり。そのことを改めて意識するだけで、胸の奥がもやもやと蠢(うごめ)いていた。収まりの悪い感じだった。

「おまえ、なにをもじもじしているの？」

気だるげに瞼を落として、彼女が言う。

「いやっ、とくになにがあるわけではっ」僕はなぜか気をつけの姿勢を取っていた。昨日と同じ要領で報告する。「今日も原始人は現れませんでした！」

イエス・サー！　と続けたくなるほど景気の良い声が出た。そんな発想をするくらいに、気分が高揚してしまう不思議な感覚。自分は大人しい方だと自覚しているだけに、新鮮だった。なんだか調子が狂う。

「それは知っている」つまらなそうに言って、彼女は肩に掛かる髪を乱雑に払った。

「あの花束は？」

「あれは。えと、小西さんって子が、拾ってきて。っていうのは、どうも人が死んだわけでもないらしくて。だから落とし物なんじゃないかって」

あのあと、この学校で亡くなった子がいるのかどうかを、すれ違った望月先生に聞いてみた。望月先生は僕のクラスの担任で、この学校に長く勤めているらしかった。その先生が知る限り、あの場所で亡くなった子なんていないという。花束の話をすると、望月先生は怪訝そうにしていた。

「要領を得ない話ね」彼女は不機嫌そうに眼を細めていた。慇懃な調子で、ティーテーブルの傍らにあった、埃ひとつなさそうな椅子に腰掛ける。彼女はゆったりと寛ぐ様子を見せて、静かに脚を組んだ。窓から差し込む茜色が、彼女の柔らかな腿を照らす。「座りなさい」

「え？」

部屋の中を、見回した。

「どうせおまえのことだから、話は長くなるのでしょう？　要点を適切に纏めることができないから、世界史と日本史、ともに中学生ですら答えられるようなことで要らぬ恥をさらすことになるのよ」

「あの、椅子は？」

この部屋には、彼女が腰掛ける椅子以外に、それらしいものがなにひとつなかった。

「なにを寝ぼけたことを言っているの」肘掛けに身体を寄せながら、マツリカさんは言う。「ここには椅子がひとつしかないのだから、おまえは床に座りなさい」

「床って……」

埃にまみれた汚らしい床を見下ろす。ローファーの足跡が幾つも刻まれていた。

「どうしたの」

有無を言わさぬ圧力を感じた。しぶしぶ、腰を下ろす。なんとなく正座してしまった。見上げると、目の前に彼女の白い脚があることに気付いた。近い距離ではなかったけれど、顔を上げればどうしても視界に収まってしまう位置だった。紺色のハイソックスと、綺麗に磨かれて艶のあるローファー。そこから上へと続いていく優美な曲線。椅子に面した白い腿のカーブ。プリーツの折り目がオリガミみたいに規則正しく直線を描いている。その下の隙間には、指先が入り込めそうなくらいの暗闇があった。なにも見えないとわかっていても、なぜか眼を凝らしてしまった。

「それで、話の続きは？」

「え、あ、その」

要点を纏めるのがへたくそだ、なんて言われると、意地でも丁寧に話をしてやろうという気になる。僕は注意深く、今日のできごとを思い返し、話を続けた。マツリカさんは気だるげに言葉を発し、途中に質問を挟み込む。その前は？　そのとき、教師はなんて言っていたの？ 小西はほかになにも言わなかった？ 僕は細かく答えていった。途中、質問に考え込むフリをして、彼女の脚を盗み見た。

「つまり、誰も死んでなんかいないのに、献花みたいに花が置かれていて、それを小西さんが落とし物として届けたってことです。でも、献花じゃないのなら、なんなんでしょう？ 誰が、いつ、あんなところに置いたのかなって」

「あの花束なら、早朝から置いてあったわ。わたしが観察した限りでは、七時半には既に置かれていたの」

ぽかんとした。そんな朝から学校を双眼鏡で覗いているのかこの人は。

「でも、そうだとすると余計に不思議ですよね。なんのために、そんなものを置いたのかなって」

「おまえ、そういう話には関心を向けるのね」

マツリカさんは退屈そうだった。肘掛けに頰杖を突いて、僕のことをじっと見下ろしている。

「そりゃ、突拍子もない原始人の話よりは、いくらか興味はありますよ」

「原始人のことは、もういい」

そう言って、マツリカさんは立ち上がった。僕は正座の姿勢のまま、彼女を見上げる。え、と聞き返した。

「もう調べなくていい。飽きたから」

僕はその言葉を聞いて、ああ、ようやく頭のおかしい子の変な趣味から解放されるんだ、と思った。それと同時に、まるで髪を払うときのようにそっけなく、飽きたからと告げる彼女の言葉に胸を抉られたような気がした。なぜか、少し傷ついた気がしたんだ。どうしてかはわからない。わからないけれど。

明日から、どうなるんだろう。

腕を組んだ彼女は、どこか呆れたように僕を見ていた。微かな吐息を漏らして、艶やかな唇が動く。

「まさか本当に張り込みをするなんて、よほどの暇人なのね、おまえ」

え？

え？　どういう、ことですか？

「原始人の調査なんて、冗談に決まっているでしょう」

「冗談……？」

もしかして、からかわれていただけ？

唖然とする僕をよそに、マツリカさんはつまらなそうに続けた。

「おいで」彼女は戸口の方へ歩き出す。「約束よ。勉強を見てあげる」

胸を撃たれたような気がした。そこに空虚な穴を感じながら、鞄を掴んで、立ち上がる。制服のスラックスは埃まみれだった。埃を払う気にもならず、部屋を出て行ったマツリカさんを追う。この階には他にも部屋があるようだ。薄暗くて狭い通路を進む彼女は、半開きになっているスチールの扉に手を掛けた。

「こっちよ」

　ここまでは陽が差し込んでいない。扉を開けて横顔を向ける彼女は、どこか幽鬼的なほの暗さを纏っていた。長い髪と白い顔で、僕を誘う亡霊。髪とスカートは闇に溶け込んでいて、彼女の美貌とブラウスだけがぼんやりと浮かんでいるみたいだった。このまま殺されてしまうのかもしれないな、なんて、そんな妄想に取り憑かれる。その部屋に入ったら、もう二度と陽の光を浴びられなくなるような気がした。それでも、僕は誘惑に逆らえず、彼女を追った。

　彼女の肩越しに、室内を覗く。完全に雨戸が下りているのか、真っ暗だった。

「なにも見えませんけど……。ここって、電気は？」

「ない」

　彼女はそれだけ言って、白い手をスカートに差し込む。小さな箱を取り出した。右手が閃く。瞬間的に、彼女の指先に炎が灯った。魔法かと錯覚した。たんに、マッチに火を付けたのだと気付くまで、時間がかかった。それくらい、彼女の手つきは芝居がかっていた。

指先に炎を灯したまま、彼女は無造作に部屋の中に足を踏み入れていく。ローファーがなにかを踏みつける音が響いた。マッチの炎では、室内はほとんど見渡せない。マツリカさんは慣れた様子で手を伸ばす。なにかを取り出した。彼女が手にするそれに、新たな火が灯る。一つ、二つ、三つ。徐々に室内が薄ぼんやりと照らされていった。

「なんですか、それ？」

ぎょっとして、問う。

「燭台」

彼女が手にしているのは、古くさそうな蠟燭立てで、中世を舞台にした映画にでも出てくるような、銀の装飾が施されたものだった。三つ叉に分かれていて、その先端にはそれぞれ、火の付いた赤い蠟燭が立っている。

「どこからそんなものを……」

啞然とした。

「骨董屋。可愛いでしょう？」

彼女は振り返り、微かに唇の端をつり上げた。それからマッチの火を吹き消して、無造作に床に放り捨てる。って、火事になるよ片付けようよ。

蠟燭で照らし出される範囲は、ほんの僅かなものだった。燭台を奥へと掲げる彼女に連れられて、暗い室内に眼を送る。元は事務室かなにかなんだろうか。物と書類が散乱するデスクに、椅子が並んでいる。四人くらいで使えそうな広さだ。彼女はデスクの上に燭台を置いた。

「教科書は持っている？」

「え、あ、はい。数学なら」

ごそごそと鞄を漁る。暗くてよく見えない。数学Iと書かれたタイトルが見つかった。

「座って」

蠟燭に照らされる彼女の白い頬は、ますます魔女めいて見える。僕はこれから、数学ではなく妖しげな魔術でも習うような気分になって、彼女の指し示すパイプ椅子を引いた。腰掛けてデスクを見下ろすと、埃やゴミがこびり付いているのがよくわかる。彼女に助けを求めようと視線を向けると、マツリカさんはデスクに置かれた筆立ての中から、使えそうなシャーペンを見繕っているところだった。仕方なくポケットを探ると、幸いなことにポケットティッシュが出てきた。それでデスクの上を軽く拭う。

「それで、今はどこを学んでいるの？」

マツリカさんは、そう言って僕の右後ろに椅子を置き、腰を下ろした。ぼんやりとした炎の輝きの中で、僕は教科書を開いてそこを示した。

「連立不等式？」彼女はつまらなそうに鼻を鳴らした。「どこがわからないの？」

肩越しに振り返るのも恐ろしく、僕は答える。

「いえ、全部、ですけど……」

暫く、沈黙。馬鹿でごめんなさい。それから溜息と共に、彼女が言った。ノート。言われるまま、僕は足元に挟んでおいた鞄からノートを取り出して、デスクに広げる。同じようにペンケースも。マツリカさんは、広げられたノートへ手を伸ばした。握っているペンで、なにかの式を書き込んでいく。たぶん、連立不等式、なんだと思う。それから、彼女の講義が始まった。

集中力を維持するのに苦戦したけれど、彼女の教え方は丁寧だった。今までに比べると口調はだいぶ優しく、わかりやすい。マツリカさんは僕のノートに問題を書き込んで、それを根気よく解かせる。問題がわからないときは、式を解く過程を細かく示して、理屈を丁寧に話してくれる。頭のいい人なんだということを、遅まきながら認めるしかなかった。けれど、そんな子がどうして双眼鏡で学校を覗いているのか、僕にはちっともわからない。

教科書の問題を解いていく間、僕は自分の心臓がうるさく鳴っていることに気付いていた。その音はこの暗闇の静けさの中で、彼女にまで伝わってしまいそうなくらいだった。

それでも、いつの間にか集中できていたのだと思う。気付けば教科書の問題を解き終えていた。次の問題に進み、ペンを動かす。ふと、視線を感じたような気がした。

それを意識すると、シャーペンの先が不安定に震えた。間近から、覗き込んでくるような視線と、静かな呼吸。ストロベリーの匂い。

顔を上げて、彼女を見る。蠟燭の明かりが小さく照らす中で、マツリカさんはじっと僕に視線を向けていた。眼が合うと、彼女はすぐに視線を逸らした。

「なんですか?」

僕の声は掠れていた。

「べつに」とマツリカさんは言う。「おまえ、犬みたいね」

「は?」

彼女は椅子を鳴らして立ち上がると、奔放な様子で伸びをした。

「今日はこれでおしまい。続きは家に帰ってやりなさい。もう遅いようだし」

自分の携帯電話を見てぎょっとした。もう七時を過ぎていた。

女の子と二人きりで夜の七時まで勉強するなんて、僕の人生にはあり得ないイベントだった。勉強に集中しすぎていたとは思えなかった。彼女の吐息や薫りが、魔術的に僕の時間を奪っていったようだった。

「もう帰りなさい」

彼女は僕を見下ろして言う。僕の知らぬ間に、蠟燭は少し短くなったんだろうか。

机の上を片付けながら、僕は聞いた。マツリカさんは？

「わたしは、部屋で眠る」

燭台を取り上げ、彼女は僕のことなんてお構いなしに、部屋を出て行く。慌てて、彼女を追いかけた。マツリカさんは、階段に足をかける。上へと。五階へと続く階段に。

「え、部屋って……」

背筋を震えが走る。

燭台を手に、階段に足をかけた彼女は、一度だけ振り向いて、そして不気味に微笑んだ。

「あら。ようやく気付いたの。わたしはここに住んでいるのよ」

嘘だと思った。

そうでなきゃ、この人は本当に頭のどこかがおかしくて、ねじれてしまっているんだ。

「おやすみ」

階段を上っていく彼女を、呆然（ぼうぜん）として見送る。

どうしてか、もう忌避の感情を抱くことはなかった。彼女の心や精神がどこかねじれていたとしても、違和感はない。それどころか、たまらない興味すら覚える。胸が弾んだような気がした。もう一度会いたいとすら思える自分の気持ちが、不思議で仕方なかった。

たぶん、彼女は本当に魔女かなにかで、僕はきっと呪われてしまったんだと思う。

5

いつも、昼食の時間は苦痛だ。母が作ってくれたお弁当を食べるほかに、やることはなかった。中学生のときは小説が好きでよく読んでいたけれど、最近はそんな気分にもなれない。

男の子達のはしゃぐ声が耳を突く。制服をカッコよく着こなして、ワックスを付けた髪型で、気安く女の子のグループに溶け込んでいる彼ら。彼らはいつも教室の中心にいるような気がする。中学校のときからそうだ。賑やかで、社交的で、カッコいい子、可愛い子が学校を支配している。休み時間に、体育の時間に、文化祭に、放課後に。あらゆる時間で彼らは活躍できる。そういう子達に比べると、まるで自分は別世界の人間のように思えた。どうすればあんなふうに生きていけるのか不思議だった。

三つ前の席で、女子のグループがお昼を食べている。そこに野次を飛ばすように話し掛ける男の子達に、女の子が笑いながら声を上げる。うっせー、あっちいけよ。そんな言葉だったけれど、楽しげな声だった。

楽しげな空間、楽しげな輪は、この教室に幾つも存在している。けれど、僕はその中のどこにも加われなかった。どんなふうに話しかけて、どんなふうに笑いかければ、あの中に入っていけるんだろう？　僕はその秘密の言葉を知らない。パスワードのような呪文（じゅもん）を、想像することができない。

だから昼食の時間は、ほかにすることがない。机に伏せて、時間が過ぎるのを待つ。ただひたすらに。賑やかな笑い声を耳にしながら。

中学三年生のとき、半年ほど自宅に閉じこもっていた時期があった。卒業間近に学校へ通うようになったのだけれど、半年という時間を経ただけで、クラスメイト達がどこか遠い存在になってしまったような気がした。半年ぶりに訪れる教室は、僕がいなくても変化をし続けていた。変わっていくグループの空気。迫る受験のプレッシャーに挫（くじ）けそうな子。推薦が通って、余裕を見せている子。嫉妬（しっと）からくる仲違（なかたが）い。密（ひそ）かに彼女を作っていた友達。色々なことが、変化していた。僕がいても、いなくても、世界は変わっていく。お構いなしに。

いつの間にか、みんなは僕の知らない話題で笑うようになっていく。

僕なんか、いなくなっても、誰も困らない。

そのとき、僕は教室という変化の波から弾（はじ）かれてしまった。かけがえのない時間から、はぶかれてしまったんだ。気にかけてくる友人は多かったけれど、でも、自然と見えない距離ができていた。それは縮まることがないまま、僕は最後までクラスに溶け込めずに、卒業を迎えた。

あれから三ヶ月経って環境が変わっても、その空気は変わらない。周囲に馴染めず、溶け込めないいまま、この明るくて生き生きとした教室は、どこまでも自分を拒んでいるような気がする。

窓の外を見る。

あのビルが見えた。

もう調べなくていい。飽きたから。そう告げる彼女の言葉が、ひやりと胸を擽った。原始人調査ごっこは、もうおしまい。銭形警部はお役ご免だった。勉強も、少しだけれど見て貰った。僕はもう、あの廃墟に入り込む理由を失ってしまったのだと、今になってようやく気付いた。僕はただ、彼女にからかわれていただけ。

胸のどこかに、空虚な穴を感じる。もしかして、僕は彼女の役に立ちたいなんて、そんなことを思っていたんだろうか？

壁を見上げて、時計の文字盤を確かめる。時間はもう少し残っていた。立ち上がり、楽しげな喧噪を振り切って歩く。

マツリカさんは、あの花束に興味を示していた。どうして、誰も死んでいないはずの旧校舎の裏に、そんなものが供えられていたのか？

職員室の隣の部屋には、臨時的に『実習生控え室』と印刷された紙がぺたりと貼られていた。息苦しい胸を押さえて、扉をノックする。失礼しますと声を掛けて扉を開けた。中には四人の実習生がいた。紺野先生の姿はない。実習生達は、なにかの書類仕事をしていたみたいだった。

「あの、紺野先生は」

「さぁ、もうすぐ戻ってくるんじゃないか？　次の授業の支度もあるし」日焼けした顔と、ゴツゴツとした肩回りが威圧的で、僕はこの鶴岡先生が苦手だ。もっとも、ほとんど話したことはなかったけれど。「なにか用？」

紺野先生にカサブランカのことを聞こうと思った。あれから持ち主は見つかったのかとか、カサブランカの花言葉だとか。けれど、鶴岡先生にそんなことを質問してもしょうがない。

「あの、先生は、原始人って見たことありますか？」

鶴岡先生はぎょっとしたように眼を見開いた。突拍子もない質問だったなと反省する。せめて前置きぐらいすればよかった。慌てて補足した。

「あの、えっと、夕方になると、走って消えるっていう噂の」

「なんでだ？」

鶴岡先生が、僕の言葉を遮る。今度は僕が、え？　と眼をしばたたかせる番だった。

「なんで、そんなこと聞く？」

威圧的な言葉だった。気付けば、部屋にいる四人の実習生みんなが、僕を鋭く睨んでいるように思えた。

「いや、その。なんか、そういうのが、先生達が学校にいた頃、流行ったらしいって聞いて。ホントかなって」

「そんなのは、ただの噂だろ」鶴岡先生は、どこか投げやりに言った。ふっと笑みを浮かべて言う。「本気にするなって」

他の実習生も、もうデスクの上に視線を戻している。

「そうですか、すみません」

馬鹿丁寧に謝って、失礼しますと僕は部屋から出て行った。胸がもやもやする。変な空気だったな。逃げるみたいに、足早に廊下を進む。光の薄い、曇った景色を窓から眺めた。反対側なので、あのビルは見えない。呼吸が乱れていたので、少しばかり、深呼吸。

「シバくん」

歩き出そうとしたところを呼び止められた。紺野先生だった。腕に日誌のようなものを抱えている。

「私に用事だったって？」

「え？」

「部屋に戻るときに、シバくんが出て行くの、見えたから。鶴岡先生に聞いたよ」

僕はなにも言えず、黙っていた。視線を下げ、上履きの爪先を見つめる。ああ、ダメだな、と思った。想像以上に、ダメだった。昨日はきっと、小西さんがいたから大丈夫だったんだ。

「どうしたの」

答えず、逃げ出そうとした。けれど足は動いてくれない。僕は呻いた。なんとか言葉を紡ぐ。

「昨日の、花束、どうなったかなって」

「ああ、あれね」紺野先生の声は、ふんわりとしていて優しい。「枯らしちゃうのもなんだから、園芸部で預かってるよ。花瓶に挿して」

そうですか、と僕は頷いた。そうか。そうだよな。花なんだから、放っておけば枯れてしまう。いずれは醜く萎れて、捨てられてしまう。なくなってしまう。

どうしたの、と紺野先生が僕の顔を覗き込む。香水かな。花の匂いがする。優しげな表情。気遣うような眼。戸惑うような眼。なんでもないです、と僕は答えた。耐えきれず、背を向ける。僕は、この前の体育祭のときのことを思い出していた。紺野先生の、無思慮な優しさを。大丈夫だよ、と僕を励ます声を。

大丈夫だよ。シバくんは悪くないから。シバくんは気にしなくていいんだから。クラスのみんなも気にしてないよ。座り込んで喘ぐ僕に、腰を屈めて紺野先生は言う。優しい声を出しているつもりだったんだろう。優しい言葉を投げかけているつもりだったんだろう。先生、けれど僕は、あのとき恥ずかしくて仕方なかったんだよ。クラスメイト達が、なにごとかと視線を向けている。その眼が痛くて仕方なかった。先生、構わないでよ。先生が一人で慌ててるから、みんながこっちを見ている。どうしてそのことに気がつかないの。僕のことなんて放っておけば、みんなはそのうち、すぐに忘れるんだから。そうやって騒ぎ立てるから、みんなの視線がこっちに集まる。そのことに、どうして気付かないの？

なに、なにかあるなら言ってよ。肩越しに、紺野先生が言う。明日になったら、私、実習期間終わっちゃうんだよ。なにかあるなら、今のうちだよ。

今のうち。けれど先生にはわからないよ。僕の気持ちなんて、きっとわからない。

「なんでもないです」

紺野先生を振り切って、廊下を歩く。上履きの爪先は、いつもよりだいぶ速く動いていた。

6

足は自然と、いつものように旧校舎の裏へ向いていた。マツリカさんは、もう原始人の調査はしなくていいと言っていたけれど、どうしてかそこを歩きたくなった。

今日も原始人が現れる様子はない。

気付けば、眼鏡の女の子が片手を上げていた。僕を見ている。肩越しに振り返ったけれど、後ろに誰かがいるわけじゃなかった。怪訝に思って、眼を細めながら近付く。

女の子は、僕を見て軽く手を振る。小西さんだった。赤い眼鏡をかけていたので、全然気付かなかった。彼女はレースの飾りが付いたストラップを首に回して、重たそうな一眼レフのカメラをお腹の辺りに下げている。

「原始人の調査?」

五メートルくらい離れた位置で、立ち止まる。僕は頷いた。

「ここ、部室なんだ」と、彼女は傍らの窓を指さした。「で、花束はここにあった」

そう語る小西さんは、いつもの重たげな瞼ではなく、不安そうな眼をしていた。「あれって、やっぱり献花だったと思うか?」

「でも、死んじゃった子はいないって、望月先生、言ってたよ」

「そっか」彼女は片手で、カメラをお腹に押し付ける。レンズが光を浴びて緑のセロファンみたいに輝いた。「でも、本当にそうなのかな。だってさ、こんなところに花を置くなんて、やっぱり献花以外考えられないよな。先輩と話してたらさ、なんか不安になって」

小西さんは地面を見下ろしている。その視線の先に、花束が置かれていたんだろう。

「あたしって、もしかして凄い悪いことしたんじゃないか？　勝手に花束持っていって、死んじゃった子、もしいるんだったら、怒ってないかな？」

赤い眼鏡の奥の瞳は、不安そうだった。いつもの鋭さはかけらもないように見える。

「大丈夫だと思うよ」

根拠もなにもない気休めだった。そうかな、と小西さんは呟く。僕はそれ以上言葉が思いつかず、この場から立ち去ろうか、それとも会話を続けるべきか、少しばかり迷った。結局、当たり障りのないことを言った。

「小西さん、眼鏡するんだね」

「ああ、これ？　今朝からしてた。気付かなかったか？」彼女は顔を上げて、にかっと笑う。「普段はしない。ファインダー覗くとき、邪魔になるからさ。でも、最近は視力悪くなって。だから、これ、昨日できたばかり。新品」

僕は黙って彼女を見ていた。

そうだ、柴山、と顔を輝かせて、彼女が近付いてくる。彼女はポケットからなにかを取り出した。薄いキャップ。それをレンズに取り付けて、重たそうなカメラの液晶画面を僕に見せる。

この前さ、写真撮って。いい感じだったから、黙って撮ったんだけど。これ、柴山だろ？　この写真、使っていいか？　あ、まだなにか投稿するとか決めたわけじゃないんだ。ただ、勝手に撮られたって知ったら、みんないやがるから。

小西さんは熱心に、そうまくし立てた。僕に見せるカメラの液晶画面には、夕暮れの学校が写っていた。まばゆい煌めきを受けて輝く、学校の校庭と、彼方にある寂れたプールの輪郭。手前に聳える古めかしい旧校舎の陰に佇む、小さな人影。

いつ撮ったんだろう。僕のケータイでは捉えきれなかったあの綺麗な夕暮れの景色を、小西さんのカメラは的確に、いや、それ以上に美しく捉えていた。

「これ、僕？」

そうだよ、と小西さんが笑う。柴山、毎日、あのへんぶらぶらしてただろ。変な奴って思ってたんだけど、なんか、黄昏のイメージに近くて、これは撮れって、神様から電波来たんだ。あ、見づらいか？

小西さんはそう言って、カメラを僕に近づける。彼女との距離が縮まる。嬉しそうに写真を語る彼女に、僕はなにも言えなかった。柑橘系の匂いがぐっと近くなる。ボールが弾んだような気がした。幼い頃、遊んだスーパーボール。誤って手から落としてしまって、地面に力なく落下したそれが、軽く弾んで、転げていくような。

けれど、もうダメだった。なにを言えばいいのかわからない。変なことを言って嫌われたらどうしよう、不快に思われたらどうしよう。胸中は焦るばかりで、どんな言葉を並べても、つっかえてしまうような気がした。もう秘密の呪文を間違えたくはない。誰かに嫌われて、変なふうに見られるのは嫌だった。

いいよ、と僕は答えた。それから、いい写真だね、とかなんとか告げて、彼女を振り切る。逃げ出すみたいに、僕は足早に校庭を歩いた。

7

階段を上がると、すぐに息が切れてしまった。四階まで辿り着いたところで、ハンカチで額の汗を拭う。胸の鼓動はなかなか収まらなかった。止まらなくて、怖いくらいに、どきどきしている。

雨戸が開いている踊り場の窓から、曇った空が見えた。雨が降るかもしれない。胸を押さえたまま、僕は荒れた室内に足を踏み入れた。

どうしたかったのかは、わからない。話したいことがあるわけじゃない。調査ごっこはもう終わり。僕はからかわれていただけ。それなのに、僕はここに足を踏み入れて、そして確かめたかった。彼女が無防備に背中を向けて、学校を観察しているその姿を——。

今日の彼女は、椅子に腰掛けて、手にした金属の部品を弄んでいた。白いブラウス、臙脂色のネクタイ。紺色のソックス。チェックのプリーツ。死体のような白い肌。魔女のような黒い髪。手にしているのは、重厚な質感のある知恵の輪だった。

「もう来ないのかと思った」

マツリカさんは手元に視線を落としたまま、そう言った。

「どうして？」

「原始人の調査は終わりと言ったでしょう。なにをしにきたの」

答えられなかった。僕は、わからない、と呟いてかぶりを振る。

「けど、今日は花束は置いてなかった」

当然のことを、報告する。昨日とは違って、僕の口調は淡々としていた。そう、いつも通りの、ぼそぼそとした醜い声。

「それは知っている」マツリカさんは横顔を向けて、長い髪に指を滑り込ませる。飽きたのか、知恵の輪をテーブルに放り捨てた。「本当に、犬のように従順なのね、おまえ」

呆れたような吐息だった。

「そんなにテストの結果をばらまかれるのが嫌だったの？　あれは冗談よ、もう気にしなくていいわ」

「違う。そうじゃなくて」

うまく言葉にできなかった。

そうじゃない。そうじゃないんだ。ただ、僕は、そう、ちょっとこういうのもいいかもしれないって、そう思ったんだ。どうせ暇なんだし、家に帰ってもやることなんてないんだし。だから、誰かの役に立てるなら、それでもいいかなって。僕なんかが誰かの役に立つんなら、それでいいかなって。

自分を必要としてくれるのは、素直に嬉しい。

そう。だから、途方もない調査なんて続けていた。だから、飽きたと言われて、傷ついた。だから、僕は、今日もここに来た。

マツリカさんは僕を見ていた。やがて溜息をこぼし、身体を起こす。こちらへと、静かに近付いてきた。

「柴犬、おいで。わたしの部屋に招いてあげる」

部屋？　と聞き返しそうになった。けれど、それよりも先に突っ込むところがあった。危うく聞き流すところだった。

「柴犬って、なんですかそれ」

「おまえに相応しい名前でしょう？」

彼女はもう部屋を出て行くところだった。肩越しにそう言って、鼻で笑う。僕は慌てて彼女を追いかけた。

彼女は階段を上がっていく。視線を上げると、短いプリーツの裾が目の前で揺れていた。白い脚に釘付けになって、普段は足元を見て階段を上るっていうのに、今日はずっと前を向いていた。期待していたものは見えなかった。あんなに短いのに、どうなってるんだ。

五階。閉じているスチールの扉を、彼女が開け放つ。四階の観察部屋の真上に位置するようだった。階下よりも陽差しがあるのか、室内は明るい。おいで、と招かれて入り込むと、悲鳴のできそこないのような声が漏れた。

そこには、たくさんの死体があった。僕もきっと、その中のひとつにこれから加わるんだろう。足元に倒れている人。壁にもたれかかって死んでいる人。手足をもがれて転がっている人。たくさんの死体の墓場。そんなふうに、錯覚した。

違う高校の制服を着たマネキンが、床に倒れている。看護師の格好をした首のない人形。セーラー服を着た手足のないトルソー。スーツ姿のもの、普段着を着ているもの。たくさんのマネキンが、無造作に立ち尽くし、あるいは倒れ、あるいは部屋の隅に邪険に積み重ねられていた。

僕が驚いたことに満足したのだろう。マツリカさんは柔らかく目元を細めた。クローゼットや本棚のようなものまである。部屋の隅にはベッドも置かれていた。

「ここがわたしの部屋」

やっぱり、この人は魔女だ。

マツリカさんは、無造作に窓辺に向かった。階下と同じように置かれている黒い望遠鏡を覗き込む。

気味が悪かった。怖かった。

「いつも、なにを見ているんですか」僕は聞いた。彼女の正体を確かめたかった。声は震えていた。目眩がする。「原始人は、もう捜さないんじゃ」

マツリカさんは、すっと背筋を伸ばす。ベッド脇のテーブルからオペラグラスのようなものを取り出し、それを開いた。双眼鏡を覗き込み、僕に背中を向けながら、彼女が唄う。風に、黒髪がふわりと靡いた。

「わたしはね、人間を見ているのよ」それは冷たく、鋭く、そしてどこか優しい、不思議な声音。「遠く離れているわけではない。手を伸ばせば届く距離にいるのに、互いにふれようとしない人々を。互いに避け合って、声を掛けずに見て見ないふりをしている人々を、わたしはここから見ているの。手を伸ばしても届かない距離まで、走って逃げてしまう、哀れな子達を。ここから見ているのよ」

彼女の背中に近付く。窓の向こうに視線を向けて、学校を見る。肉眼ではなにもわからない。

「おまえは、どうなのかしら？」

オペラグラスで学校を観察しながら、彼女が言う。

「どういう意味ですか？」

「おまえは、どうして輪の外にいるの？」

頬がほてるような気がした。彼女はそう質問しながらも、僕のことには無関心のようで、じっと学校を観察し続けている。

おまえは、どうなのかしら？

「僕は」途切れ途切れ、答えた。それは、何度も自問自答して、そして、どうしようもないくらいに深く知っている答えだったから。「ダメなんだ。みんなと一緒に、うまく喋（しゃべ）ったり、面白い話をしたりすることができない。話を聞くときも、頷（うなず）くだけで、気の利いた答えも返せない。だから僕が輪の中に加わると、そのうちその場がしらけちゃって、その空気が、だから、耐えきれなくて」

その場に加わるための、秘密のパスワード。

僕はそれを、何度も間違える。

そう、とマツリカさんは言う。彼女はオペラグラスを閉じると、それをベッドに放り投げた。埃ひとつなさそうな、清潔なベッドだった。そこに座りなさい、と彼女は命じる。僕は言われるまま、そのベッドに腰を下ろした。マツリカさんはもう窓の外を見ていなかった。ベッドの傍らで僕を見下ろしている。冷めた視線だった。彼女が身を屈めると、長い黒髪が肩から零れ落ちてくる。疲れているのなら、横になってもいいのよ。彼女は囁いた。甘い誘惑だった。睡魔に導かれる感覚に似ている。僕はいつの間にか、天井を見ていた。柔らかいベッド。清潔な感触のシーツ。このシーツは、どこで洗濯するんだろう。日向の匂いがした。それと、とても強く、彼女の匂いを感じる。緊張に、体中の筋肉が硬直していた。

　マツリカさんは古めかしい椅子に腰掛け、気だるげに髪をかき上げた。まるで御伽噺でも聞かせるような口調で、僕を夢の中へ誘う。このまま彼女が手を伸ばして、頭を撫でてくれればいいのにな、なんて都合のいいことを考えた。そんな、不思議な夢心地。

「おまえは、紺野のことが嫌い？」

　彼女はじっと僕を見ている。大丈夫だよという優しい声を思い出した。みんなも気にしてないよ。そう言って励ましてくれる声。でも、でもね、先生。やっぱり僕のせいでリレーが負けたのは事実だよ。それは変わらない。だから、お願い、放っておいて。

　僕は答えられなかった。

「原始人の話を、してあげる。おまえが気にかけている、花束の秘密を。その秘密をどうするのかは、おまえが好きにすればいい」

　外から流れる風が、暖かくて気持ちよかった。

「原始人は、ただの暗喩に過ぎないわ。小学生でもあるまいし、高校生が好き好んで怪談話を広げるなんて、奇妙な話でしょう。走って逃げる原始人なんて、奇妙で滑稽で、おかしな存在だわ。それは、信じるものが信じれば、たんなる怪談で終わるのかもしれない。けれどそこには、ある真実が含まれていて、そしてそれは怪談というかたちでこの学校に語り継がれてきた」

　不思議だった。本当に、童話を語って聞かせて貰うような心地だった。

「柴犬。原始人は、どんな格好をしていると思う？」

「格好、ですか？」僕はぼんやりしていた。

「原始人は、初期人類一般を指す言葉だけれど、明確に定義された学術用語ではないわ。メディアによってさまざまな描かれ方をする、決まったイメージのない曖昧なもの。けれど大抵の場合、彼らは全裸に近い格好をして描かれることが多い。それこそが原始人の特徴ではなくて？」

意識したこともなかった。原始人といえばそういうイメージが当然だと思い込んでいた。けれど、それがなんだっていうんだろう？　マツリカさんは、いったいなにを話そうとしているんだろう？

「男子達しか見ることのできない、七月の怪談。全裸に近い格好の人間が、旧校舎の裏を走って逃げていく。答えは簡単でしょう。それは、暴力的な行為の一種。体育の授業は男女で分かれているわね。女子のプール授業を男子が見ることができないように、逆もまたそう。級友に衣服を奪われ、取り返そうとした少年が、滑稽にも、けれど必死な姿で駆けていく。その姿がありありと浮かぶわ」

　校舎裏を走る、原始人。プールの授業。衣服を奪われて、取り返そうと走る少年。マツリカさんの言葉は、魔力を持っているようだった。眼を閉ざすと、その光景が強烈に想像できる。目眩がした。

「叫びは、苦悶の声かしら。それとも、憤怒の雄叫びかしら。彼のその様子は、級友の男子達に、原始人のようだと揶揄された。一方的に力でねじ伏せられるだけの、かよわい存在だったのね。誰も咎めるものはおらず、あまつさえ、その姿を面白がって、原始人の話として学校に広めていく子達がいる。もちろん、腑抜けの教師どもはただの怪談だと思って意にも介さない。絵にすると、とても滑稽ね。けれど、彼の心中はどんなものだったのかしら」

本当だろうか、と疑問が浮かぶ。けれど、本当に――。本当に、原始人の噂に、そんな真相が隠されていたとしたら？　マツリカさんの語るように、そんなできごとが、あったのだとしたら？

見て見ないふりをするクラスメイト。囁き、笑い合う声。教室での視線。苦しみ、嘆き、呻き、怒り、涙を浮かべて、走り抜けるその屈辱――。一度きりの学校生活は滅茶苦茶に破壊し尽くされる。嫌だ、と思った。だから僕は言った。そんなの、マツリカさんの想像なんでしょう？

「それは、おまえが現実から眼を背けたいだけ。こんなことは、希有なできごとではない。たとえ目の前にあるそれが幻だったとしても、それは世界のいたるところで起こっている。ありがちな、潰しても潰しても消えない蟻のようなもの。どこからともなく、湧いて現れる」

それは、今でも笑い話になっている。裸で走って消えていく原始人。五年経った今でも学校に残っていて、名前も知らない生徒達に噂にされ続ける――。

それが、僕だったらどうだろう。

その屈辱は、卒業したあとも、自分の知らないところで残り続けていく。

「どうして誰も助けなかったのかしら。そんなにも遠く離れたところで、原始人を眺めていたの？　声を掛けても届かないほど遠くから？　それとも、彼の方が遠くまで逃げていってしまったの？」

思い返す。双眼鏡を使って、原始人を捜しているのよ、と話した彼女の横顔を。遠く離れた場所で、学校を観察している彼女の視線は、今はとても冷めていた。

「それも今となっては仕方のないことね。けれど、仕方ないと黙って見ているだけでは、満足のできない人間がいたみたいだわ」

彼女の唄は続く。

「花束の話に移りましょう」

「花束って……。あれが、原始人となにか関係あるんですか？」

「彼女は告発者なのよ。そして、花束は告発のための道具だった。考えてみなさい。あの花束は、どこから出てきたのかしら。誰が、どこから持ってきたの？　花束は早朝からその場所にあった。生徒が登校するときに持ってきたのかしら？　けれど、そうだったら目立つわね。わたしの目に留まってもおかしくはないし、そんなものを持ってきたのなら噂だって広がるはず。では、隠し持ってきたのかしら。けれど、ある程度の大きさの花は、隠し持てるようなものではないわ。カサブランカはとても大きくてよ。紙袋に入れたって顔を覗かせてしまうでしょうね。それなら、どこから学校に持ち運んだの？　教員が車で持ってきたのかしら？　教師なら、生徒よりも早くに学校にやってくる。その可能性もあるかもしれないわね。けれど、ちょうど、あの献花をおまえの級友が見つけたその前日に、もっと別のかたちで、その花を受け取るのにふさわしい人物が学校にいたのよ」

突然だった。過去の物語が波打つように、現在へと押し寄せてくる。そんな気がした。紺野のことが嫌い？　囁くように問う彼女の声を思い出す。僕はうっすらと眼を開けて、心地よいベッドの感触に身を委ねていた。マツリカさんの言葉が、徐々に僕を覚醒させていくような気がした。もしかして、と思った。あの日の前日は、紺野先生の誕生日だった。

「もしかして……」僕は睡魔を振り払いながら呟く。「紺野先生ですか？」

「そう」マツリカさんは、唇の端をほんの少し歪めた。「彼女は卒業前、園芸部にいたそうね。それならば、教職員達から花束を贈られても不思議ではないのではなくて？　あるいは、園芸部の子達からかもしれない。花は園芸部で育てたものか、外で購入したものか、どちらにせよ、カサブランカの白を引き立てるような、鮮やかな色の花も一緒だったことでしょうね」

紺野先生が、カサブランカをあの場所に置いた。どういうことだろう。告発者って、どういう意味だろう。

「紺野は、おまえの、ユリですかという質問に、カサブランカだと答えた。おかしな話ね。カサブランカは、ユリなのよ。どうして、そのことに彼女はふれなかったのかしら。おまえ達の言う、ユリやキクが献花の花だという意識から、少しでも遠ざけようとしたんじゃないかしら」

椅子に腰掛ける彼女は、脚を組み、腕で自身を抱くようにしていた。眼を閉ざしたまま、続ける。

「花束を供えたのは、彼女なのよ。それは告発だった。鶴岡という実習生が、小西が花を運ぶところを見て、すぐに戻してこいと言ったようだけれど、どうして鶴岡は、花を見ただけで、それが『献花』されていたものだとわかったのかしら」

その言葉をきっかけに、たくさんの光景が渦巻いて、消えていく。

「鶴岡先生は……。花を見たことがあったんだ」

紺野先生の告発。鶴岡先生。過去に起きた、原始人の話——。想起できることが、幾つかあった。僕はもう身体を起こしていた。マツリカさんは僕を見て、満足そうに頷(うなず)いた。

「そう。けれど、目立たない旧校舎の裏で、鶴岡が偶然見ていたとは考えにくい。花を供えた紺野が、その光景を意図的に見せつけたのでしょうね。紺野も鶴岡も、五年前の原始人の真相に関与していた。深く関わっていたのか、見て見ないふりをしていただけなのかはわからないわ。実習生としてこの学校に戻ってきたとき、未(いま)だ続いている原始人の噂を耳にして、紺野は疑問を抱いたのでしょうね。走る原始人という滑稽なものでオブラートされた悪意、それを生み出し、黙って見ていた自分達が、そのまま教職の道へ進むべきなのかどうか——」

原始人は実在した。恥辱に絶叫する無力な少年と、彼を取り巻く教室。鶴岡先生と、紺野先生。二人は、五年ぶりに学校に戻ってきたそのときに、原始人の絶叫の残滓(ざんし)を聴いた——。

「でも、実際には、誰も死んでいない——」

「だから、死んでしまったということにしたの。もちろん、これは憶測よ。紺野は女性だから、あまり深くは関与していなかったのでしょう。けれど、鶴岡は関与していた。もしかしたら、直接の加害者だったのかもしれない。紺野はある程度真相を知っていて、だからこそ彼女は、かつての原始人の子が、自殺してしまったのだという作り話を、鶴岡に語って聞かせた。そのときに、献花されたその場所を見せたのよ。おそらく、その子は一緒に進学や卒業をしなかったのでしょう。それらしく見せるために、前日に貰(もら)ったカサブランカの花を使ったのね」

死んだ、と聞かされたときの、鶴岡先生の胸中は、どんなものだったんだろう。そんな嘘を作り上げた、紺野先生の胸中は、どんなものだったんだろう。嘘はやがてばれるだろう。鶴岡先生は、そのとき、教師になろうとするんだろうか。

「自分達のせいで、辱められた子がいる。それにもかかわらず、自分達は教職を目指す道を歩んでいる。だから紺野は、鶴岡や他の実習生達を、精神的に追い詰めようとした。本当にこのままでいいのかと、告発した。絶叫することしかできない原始人の、代弁者にでもなったつもりだったのかしら」

それが本当なら、滑稽な話だと思った。けれど、今日の鶴岡先生の態度を見るに、辻褄が合うような気がした。

実際には誰も死んでいないのだ。けれど、だからこそ、誰も気にも留めていなかった。一方は、学校生活を滅茶苦茶にされ、一方は何事もなかったかのように進学し、あまつさえ教育者になろうとしている。なんて、不公平な世界だろう。なんて、理不尽な世界だろう。紺野先生は、見て見ないふりをしていた過去の過ちに、ようやく気付いたんだろうか。

今更。と思った。五年も前のことを、今更後悔して、反省するのかよ。なんだよ、それ。なんか、理不尽だ。罪の意識がようやく芽生えて、自分と他人を批難するような行動をとって。でも、当の『原始人』には？　彼が受けた屈辱や苦しみ、悲しみや絶望、そういったものは？　どこに考慮されている？　どうすれば戻ってくる？　その子の人生を、どうやって償う？

「紺野先生は——このまま教師になるんでしょうか」

彼女は、教師になる道を諦めているんじゃないかって、なんとなく、そう思った。

もしそうだとしたら、それは逃避だ。

「それは、おまえが聞いてきなさい」

いつの間にか、マツリカさんは立ち上がっていた。僕に背を向けて、夕陽が傾く窓の向こうの世界を見つめている。苛立(いらだ)ちを感じる僕とは違って、冷淡な魔女は、なんの感慨も抱いていないようだった。世の中にはそういうこともある。そんなふうに冷めた視線で、窓辺から世界を覗いている。そう、彼女はここから世界を観察しているのかもしれない。

かつて、原始人と嗤(わら)われた子は、今はどうしているんだろう。僕なんかが、彼の幸せを願うのは、滑稽だろうか。

「話は終わりよ」

外からの風が、僕の頬を擽(くすぐ)った。

8

明日で実習生は学校を去る。紺野先生は人気者だから、送り出そうとする生徒達に囲まれて、まともに話をすることはできないだろう。彼女とゆっくり話をするなら、今日が最後のチャンスだった。

寂れた廃墟と、賑やかな学校、そこを隔てる道路に、佇む。わたしはね、人間を見ているのよ。互いにふれようとしない人々を。手を伸ばしても届かない距離まで、走って逃げてしまう、哀れな子達を。ここから見ているのよ。

マツリカさんはそう言って、決して手の届かない遠く離れたところから、双眼鏡を手に学校を観察している。

原始人を生み出した人々は、どうだったんだろう。届かなかったんだろうか。その叫びに、その身体に、その手に。届かないほどに、彼らの距離は遠く離れていたんだろうか。

手を伸ばしても届かない距離まで、走って逃げてしまうから?

違う。原始人に手を差し伸べた人なんて、いなかった。誰かが手を差し伸べてくれたのなら、誰だって、それに縋るはず。彼は逃げるしかなかった。だから逃げたんだ。

おまえは、どうなのかしら?

学校に引き返す道すがら、その言葉を思い出す。同じように、教室の居心地の悪さとか、自分を拒むような見えない壁とか、そういったものを。

逃げないでいるのは、難しい。けれど、本当は逃げる必要なんて、どこにもないのかもしれない。少なくとも、僕には逃げる以外の選択肢が残されている。マツリカさんは、僕にそう言いたかったのかもしれない。

たぶん、これから僕は学校に行き、紺野先生にそれとなく花束のことを聞くだろう。今なら彼女の、僕に対する優しさの理由がわかるような気がした。だからこそ知りたかった。先生が今後、どんな道を選ぶのかを。もう先生の優しさを、偽善とは思いたくなかった。彼女がどうするべきなのかなんて、僕にはかけらもわからないけれど、彼女の気持ちを知る必要があると思った。

それから、小西さんを見つけたら、大丈夫だよと言ってあげたい。不安そうな表情をしていた彼女に、一言だけでもきちんと声を掛けたかった。さっきみたいに、逃げるように去るんじゃなくて。もっと素直に、あの美しい写真を、すごいねって言葉に出して、その作品に偶然紛れ込むことのできた喜びを伝えたい。

僕は黙って、学校へ引き返す。走るよりは遅く。歩くよりは速く。ゆっくりと。

幽鬼的テレスコープ

1

『手すり女、現れません』

いつだって、太陽だけが僕を見詰めている。汗の噴き出る肌の隅々まで、眩しい光に身体を焦がされていくよう。青い空を見上げたまま、あの向こうにはなにがあるんだろうなんて馬鹿なことを考えながら、僕は携帯電話を耳に押し当てていた。

旧校舎の外階段には、暑い陽差しを遮るものがなにもなかった。最上階の踊り場からは、窓が開きっぱなしになっている雑居ビルが見える。気象予報では、今日は最高気温の更新日らしい。風に当たって涼もうとしても、生ぬるい熱風がぬっと頬を擽るだけ。メールの返事はなかなかこない。今日はサボっても平気なのかもしれない。この炎天下で現れるはずもない幽霊を監視するなんて苦行、そりゃ誰だって逃げ出したくなるよ。

柴山、と声をかけられた。狭い踊り場で振り返ると、とんとんと金属音を響かせて、錆び付いた階段を上がってきた女の子が顔を見せる。赤いフレームの眼鏡と、特徴的なショートカット。あまり短くないスカートは、マツリカさんの制服姿に比べると、少しダサくて色っぽくない。お腹には、ごついレンズのカメラを下げている。

「柴山、なにしてんの？　あ、待って、当てる。あれだろ。また怪談の調査だろ。階段で怪談調査とか、おまえマジ馬鹿だなー。ウケる」

一人で思いついたジョークが面白かったらしく、一方的に話しかけてきた小西さんはそう言って口元に手を当て、くすくす笑った。半袖のブラウスから伸びる腕は微かに日焼けしていた。僕はどう答えたらいいのかよくわからずに、うん、とか、まぁ、とか、そういうことを言っていたと思う。

小西さんはカメラを構えて、ぱしぱしと写真を撮りだした。手すりから身を乗り出して、空を仰いだり、校庭へレンズを向けたりしている。僕はこの場から去るべきかどうかを考えながら、カメラを覗く小西さんの横顔を眺めていた。小西さんとは、ほとんど喋ったことがない。クラスが同じで、ちょっと前に、少し話すきっかけがあった程度。朝に眼が合えば黙礼するくらいの関係だった。そもそも、僕は小西さんの下の名前を覚えていない。それなのに、こんなふうに突然、気安く話しかけられると、困る。しかも、いつの間にか放置されてるから、なおさら困る。女の子って、よくわからない。この距離感、なんだろう。僕は、どんなふうに振る舞えばいいんだろう。

彼女は小さなリュックを背負っていた。缶バッジのたくさん付いているそれを下ろして、おもむろに中を開く。ボキリと折るみたいにして取り外したレンズをその中に仕舞うと、今度は短いレンズをカメラに取り付けて、それを構えながら僕の方に向き直る。

「それ」僕はようやく声を発した。疑問だったので、自然に聞けた。「なんで取り替えるの？」

「え」と、小西さんは少し不思議そうにした。「だって、こっち標準だし」

僕がわからない顔をしていたせいか、小西さんは言い直した。

「さっきのは、望遠」と、足元のリュックをローファーで突いて示した。「レンズごとに焦点距離ってのがあって、さっきのは遠くしか撮れない」

カメラのことはよくわからなかった。レンズ一つでなんでも撮れるわけじゃないのか。

「リュックで持ち歩いているの？　不便じゃない？」

「まーね。普通の子は、あんまりそうしないな。取り替えるのも面倒っちゃ面倒だし。でもさ、それが楽しいんだな。レンズごとに、見える世界が違うから」

「そうなんだ」

それ以上、気の利いた言葉も質問も思いつかず、焦る。会話が止まる。隣に人がいるのに、会話がない時間は苦手だった。何度かシャッターの音を鳴らして、小西さんが言う。背中を向けてカメラを覗いているので、表情はわからない。

「レンズを替えると、ものの見え方が変わるんだ。そうすると、自分も変わってくる。

同じ景色なのに、見え方がこんなに違うんだって、少しビビって、周囲を見る眼が変わってくる。ほら」

小西さんは僕にカメラを突き出す。液晶画面になにかが映っていた。差し出されているのだから、遠慮する必要なんてないはずなのに、僕は怖々(おずおず)と小西さんに近付く。液晶のディスプレイを見下ろした。

「これ……。階段？」

一瞬、なんなのかよくわからなかった。錆び付いた鉄骨が複雑に絡み合い、幾何学的な模様を形成している。

「そう。今、撮った」

小西さんが指さす方を見遣(みや)る。なんとなく、液晶画面の中と似ているようで、似ていない光景が見えた。旧校舎。鉄骨の頼りない外階段。同じ景色を、僕は何度も見ているはずだった。それなのに、小西さんはそこから違った景色を見いだしている。

「これは望遠じゃ撮れない。35ミリの焦点距離だから見える景色。こんなふうに、レンズを替えると見えるものが変わる。特に明るいレンズを使ってピントを合わせるとさ、眼に見えて背景がぐわってボケて、世界が変わるんだな。その瞬間なんて、もうたまらないね」

小西さんは饒舌(じょうぜつ)だった。眼鏡の奥の瞳(ひとみ)をきらきらさせて熱く語ると、カメラを構えて僕に向き直る。

「一枚いいか？」

「は？」

「心霊写真、撮れるかも」

水晶のように輝くレンズの表面。断る暇もなく、写真を撮られた。

「柴山は、幽霊とか怖くないの？」

液晶画面を見下ろしながら、小西さんが言う。

あんまり信じてないからと答えると、彼女は面白そうに笑った。えっ、それなのに怪談なんて調べてるのか？　まぁね、と僕は言う。本当は、怪談を調べたがっているのは僕ではなくてマツリカさんだった。けれど、彼女がどうして怪談に興味を抱くのか、僕にはまったくわからない。以前は怪談の調査なんて冗談だって言っていたくせに、数日経ったらころりと掌を返されてしまった。柴犬、怪奇手すり女というのが旧校舎の外階段に出るらしいから、それを調べてきなさい。

「そうだ。柴山、日曜の夜は暇？」

小西さんはそう言って、足元のリュックサックを覗き込む。ごそごそと中を漁り始めた。うわ、レンズみたいなのがいっぱい入ってる。

「暇だけど、なに？」

「じゃ、十八時二十分に、駅で待ち合わせな」

待ち合わせ？　誰と？

「これこれ」と、リュックから折りたたまれたプリントを取り出し、彼女は立ち上がった。それを広げて僕に差し出す。「あ、絶対になくすなよ。先生にバレたらヤバイから」

受け取ったプリントに眼を通す。ワードで作ったっぽいへたくそなデザイン。『毎年恒例。隻眼山（せきがんやま）探索オリエンテーション企画』というわけのわからない文字。

「ま、要するに肝試しだよ」彼女はカメラをお腹にぶら下げたまま、腰に手を当てて、なぜか自慢げに言う。「柴山、知らない？　毎年、上級生の物好き達が、一年生に向けて企画しているんだって。今年でもう、五、六回目らしいよ」

「肝試し？」そういうのは中学生の遊びじゃないのか。「隻眼山って、なに？」センスのないネーミングだと思った。

「学校の裏にさ、ちっこい山があるじゃん。あの山の通称らしいよ。なんか、片眼の幽霊が出るとかなんとか」

「はぁ」

「ずいぶん昔の話らしいけど、女の子がその山で男に乱暴されちゃったらしくて。酷（ひど）い話だよな、その子、必死に抵抗したらしいよ」お腹のカメラに視線を落として、小西さんは囁く。「でも、そのときに眼を抉られちゃったらしくて。辺りは暗くて、人気のない場所だったから、どんなに叫んでも、助けに来てくれる人がいなくって」

小西さんは肘を抱いて、自分の言葉に顔を顰めた。そのときの様子を想像したのだろう。眼を抉られたという少女の話を耳にしながら、僕も同じように、首回りの肌が粟立つ感覚を覚えた。本当の話だろうか？　想像の景色で、顔も名前もわからない少女の瞳を、錐のようなものが貫いていく。吹き上がる血の飛沫と、宵闇の中で嗤う男の顔が眼に浮かんだ。

「男が去ったあとに、その子、崖から身を投げたんだって……。身体は川に流されて、遺体は酷い状態だったらしいよ」

真偽はともあれ、後味の悪い話だと思った。小西さんは、想像を振り払うようにかぶりを振って、でもね、ここからが本番なんだ、と微かに笑った。

「それから少しして、おかしな噂が流れるようになったんだ。ある夜、タクシーの運転手が、お客さんを乗せた帰り、道に迷ってあの山に入り込んじゃったの。それでね、車を止めて地図を眺めていたら、どこからともなく、ぽたり、ぽたり……って。変な水音がするわけ。あれ、おかしいな、雨なんて降るはずないのにって。その夜はね、星がたくさん見えるくらい透き通った夜空だったんだ。それなのに、ぽたっ、ぽたって……」

小西さんの声には真に迫る勢いがある。なるほど、これは過去に起きた残虐な事件の話ではなく、幽霊話だった。僕はどう反応していいのかわからないまま、彼女の話に耳を傾けた。

「でね……。運転手が窓の外を見ると、女の子が立っていたの。月明かりに照らされたその姿は、雨に降られたみたいにずぶ濡(ぬ)れで……。ぽたぽたと、髪から水を滴らせた女の子が、真っ青な顔をゆっくり上げて、聞いてくるんだって。わたしの眼を、とった人がいるんです。あなたですか？　それ、返して下さい。ねぇ、返してっ……！」

　ぐわっ、と両手を突き出され、ちょっとビビって後ずさってしまった。決して幽霊話に驚いたわけではなく、小西さんの演技がわりと鬼気迫っていたからだった。

「その子は今も、抉られた片眼を捜して、夜を彷徨(さまよ)っているの……。なーんて、そんな話があるみたいだよ。だから、隻眼山。柴山、ビビった？」

　彼女はもう元の様子に戻って、ころっと笑う。

　あまりいいリアクションができずにいると、彼女はちょっと困ったように微笑んだ。たまらず、受け取ったプリントに視線を落とす。男子は必ず懐中電灯を持ってくること、と書かれていた。

「これ、申し込みの期限過ぎてるよ」

「うん、なんか、参加予定だった男子の一人がドタキャンで、人数が合わなくなったらしくてさ。そんで、男子を一人誘ってこいって先輩に言われたんだ」

「それで僕？」

そういうことか。女の子に誘われるなんておかしいと思っていた。

「柴山、こういうの好きなんだろ？　本物の幽霊が出てくるかもよ？」

「まさか」

「そうでなくとも、可愛い女の子と知り合えるチャンスだぜ」と、小西さんはちょっと口調を変えて言う。「肝試しは男女一組で挑戦するんだけど、ペアを組む相手は、当日のくじ引きで決まるんだ。なんか、それ目当てで参加する人ばっかりらしいけどね」

なんだよそれ、合コン？　正直、知らない女の子とペアになったら、なにを話していいのかわからなくなる。気まずい思いをして帰るだけだ。

「小西さんも行くの？」

「うん、写真部の先輩が、この企画に嚙んでてさ。なんか面白そうだし」小西さんは子供みたいにわくわくした様子だった。「じゃ、日曜日、よろしく。懐中電灯忘れるなよ」

断る暇もなく、リュックを背負って階段を降りていく。ローファーの靴音がリズムよく響いていた。

僕は雑居ビルの方に視線を向ける。マツリカさんに、この話をしてみようかと考えた。

マツリカさんは自称雑居ビルに住んでいるという魔女みたいな変人で、たぶん僕よりも年上なんだと思う。いつも制服を着ているのだけれど、学校には行っていないみたいで、一日中、廃墟ビルから望遠鏡を使って学校を観察しているという、少し頭のおかしい子だった。彼女はここのところ、怪奇手すり女なる幽霊を捜しているらしくて、ときおり僕にメールで捜索の指示をしてくる。無茶苦茶な要求だけれど、素直に従えば二人きりで勉強を見てくれるという甘い誘惑が待っているので、どうにも逆らえない。滅多に女の子と会話をすることがない僕にとっては、それはとてつもなく貴重な機会なのだから。

女の子。

女の子って、不思議だ。僕には、彼女達が普段からなにを考えているのかわからない。教室の雑多な空気の中で姦しく騒ぐ彼女達は、僕とはまったく違う生き物のように思える。女子の輪に溶け込んで、いっしょに笑っている男子は、どうしてあんなふうに自然と会話ができるんだろう。

あんなにうるさい声で騒いで、馬鹿じゃないの。おまえら小学生かよ。もっと大人しくしろよ、もうすぐ授業始まるだろ。そんなふうに心の中で嗤って、教室の隅っこでじっとしている自分は、必死になってクラスのみんなを攻撃して、平気な顔をしようとしている。

僕は平気。だから、みんなとは混ざらない。

最近、その防御が崩れている気がした。

携帯電話を取り出す。メールは返ってきていなかった。僕があの雑居ビルに立ち入っていいのは、二日に一度だけと決められていた。どうしてなのかはわからない。そもそも彼女は何者なんだろう。本当に、僕らの学校の生徒なんだろうか？　以前、それとなく担任の望月先生に聞いたことがある。この学校に、マツリカっていう人はいますかって。先生は首を傾げていた。それって、下の名前？　それとも苗字？　確かに、マツリカという名前は苗字のようでもあるし、名前のようでもある。どちらにせよ、望月先生は、そんな変わった名前の生徒に聞き覚えはないという。

報告してみようと思った。今日はビルに入ってはいけない日だったけれど、留守なら留守で、明日にすればいい。もしビルにいたとしても、怪談話になら興味を示してくれるはずだった。

学校を出て、廃ビルへ向かう。エアコンが効いた部屋でゆっくりしたいけれど、目の前にそびえ立つこの不気味なビルには、当然ながら電気が通っていない。マツリカさんは暗がりを好む吸血鬼みたいに光を避けたがるようで、ほとんどの窓は閉めっぱなし。当然ながら風通しは悪くて、快適にはほど遠い環境だ。それでもついつい通ってしまうのは、マツリカさんの夏服姿を眺めたいからと言っても過言じゃなかった。小西さんやクラスの女子達に比べると、彼女はとても大人っぽい。本当に高校生なのだろうかと疑問に思う。すらりと背が高く、気だるげに見えるその横顔はとてもクールで、じっと見つめたくなるほどだった。僕が床にノートを広げて勉強する間、マツリカさんは無防備に望遠鏡や双眼鏡を覗いて学校を観察している。勉強するふりをしながら、その短いスカートから覗く太腿をちらりと盗み見てしまう瞬間は、インターネットでグラビアアイドルの画像をこっそり眺めるのと同じくらい、どきどきする。

夕暮れ時の廃墟は不気味なくらい静かで、人の気配がまったくない。駅まで行って、マネケンのワッフルを買ってくれば良かった。マツリカさんは甘いものが好きらしくて、ときおりメールでケーキやワッフルを買ってから来るようにと指示してくることがある。なんだか体よく使われてしまっている気がするけれど、どうにも逆らえない。

シャッターをくぐり、蒸し暑い屋内へと入り込む。こんなところで一日中過ごしているマツリカさんは熱中症になったりしないんだろうか。たぶん、平気なんだろう。暑さなんてものともしない性格なのかもしれない。だからって僕に無茶ぶりはしないで欲しかった。昨日なんて、もう夏ですよ、暑いですよ、熱中症で倒れますよと訴えたら、「あら、いいじゃない。おまえの、その女みたいに白い肌が少しは男らしくなるわ」と涼しい顔で言われた。僕は生まれつき肌が白く、昔から滅多に日焼けをしなかった。姉さんにはしょっちゅう羨ましがられたのだけれど、そう言われる度に、自分の女々しさみたいなものを指摘されるようで凹む。まさかマツリカさんにも同じようなことを言われるとは思わなかった。凹んだら凹んだで、「おまえ、本当に情けない眼を向けるのね。まるで犬のよう」と言われた。

「髪を伸ばせば、女子に見間違えられるのではなくて？」そう言われて、ぎくりとした表情が出てしまったらしい。僕は中三のとき、髪を伸ばしっぱなしにしていた時期があった。面白そうだから話しなさい、と強要され、しぶしぶそのときのことを話したことがある。たんに、家から出たところを隣のおばさんに見られてしまっただけの話だ。おばさんは姉と見間違えたのか、かなり驚いて逃げてしまった。その話を聞いたマツリカさんは、「ここにある服を着せてみたら、とても愉しそうね」と眼を細めた。彼女の部屋には、埃まみれのマネキンがたくさん転がっていて、さまざまな衣装を身につけている。この廃ビルは、服屋かなにかだったんだろうか。

空気が停滞している階段を駆け上がり、いつも彼女が学校を眺めている観測部屋（勝手に名付けてみた）を覗き込んだ。この部屋の窓だけは、いつも開きっぱなしだった。

「マツリカさん？」

観測部屋には、白い望遠鏡や豪華な作りの椅子が置かれていて、ティーテーブルの上には、ロフトで売っていそうな知恵の輪が散乱していた。床は僕がノートを広げるために掃除をしたので、ある程度は綺麗になっている。部屋の隅にはアンティーク調のトランクが積み重ねられており、昨日よりもその数が増えているような気がした。また骨董品店とかで買ってきたのだろうか？　彼女は骨董品を集めるのが趣味だという。およそ女子高生らしくない趣味で、どこからそのお金が出てくるのか不思議だった。まぁ、拾ってきたものも結構あるらしい。しかし、どこを歩けばそんなものが落ちているっていうのよ？　他にもよくわからないガラクタみたいなものが壁際に散乱している。古びたレコードプレーヤーや一昔前のパソコンの筐体とか、どう考えても使い道が思い浮かばない。

　荒れ果てた室内に、彼女の姿はなかった。やっぱり、今日は来ていないのかもしれない。

　ふと、静寂の中に奇妙な異音が混じることに気がついた。微かな水音がする。雨？　窓から空を見上げても、暑苦しい快晴が広がるだけ。けれど、ひたひたと音は続いている。このビルは当然ながら廃墟なので、水道は止まっているはずだ。それなのに、水の滴る音が聞こえてくるなんて……。

　耳を澄ます。不規則に響くしずくの音は上の階から聞こえてきた。なぜか背筋が震えた。

眼を抉られて、夜を彷徨っているという女の子——。

幽霊なんて信じていないけれど、この不気味な水音は、無くした瞳を求めてこの世に現れるという少女の霊を想起させる。息をのんで階段を上る。水の滴る音が近くなる。マツリカさん？　そう呼びかけた。彼女がいるなら、返事をしてくれるはずだった。暫く待つ。五階の廊下。鎧戸は降りていて暗く、人気はなかった。音が、近くなる。あっちの部屋だ。そういえば、あの部屋は入ったことがなかった。扉がほんの僅かに開いている。

ドアノブに手をかけ、室内を覗き込む——。

悲鳴を上げた。錯乱と、困惑、様々な感情が入り乱れる。見てはいけないものを見てしまった恐怖。見る者にそんな衝撃を与えるような、すさまじい光景——。

濡れた女がいた。全身から水を滴らせて、真っ黒な髪を顔に張り付かせ、射るような瞳でこちらを恨みがましく見ている。

けれど、そこにいたのは幽霊でもなんでもなく、僕は悲鳴を上げていた。頭が真っ白になる。なにがなんだかわからない。硬直。凝視。目眩。動悸。

室内には、猫足の付いた小さいバスタブが違和感抜群に置かれていて、水色のホースが開いた窓から延びている。把握した部屋の様子といえばそれくらいなもので、そのバスタブの水に身体を浸からせ、毅然とこちらを見ているマツリカさんの四肢を、僕は喉を鳴らしながら凝視していた。白くてか細い体軀は、それが幽霊でもなんでもなく、生きている女の子の身体であることを証明していた。柔らかな輪郭と、艶めかしく細やかに動く四肢。睨み付けるような視線で、バスタブの縁を摑んだ彼女が前屈みになる。それに連動する優美な膨らみや曲線に後ろ髪を引かれながら、わけもわからず声を上げて、僕は身体を反転させた。「すいませんでしたっ！」つまり、あれか、入浴中？　水浴び？　そういうこと？　こんな廃墟で？　そりゃ、いくら暑いからってこんなところで？　普通しないだろ？　扉を閉ざし、階段を駆け下りて観測部屋に戻る。どうしよう。あれは、たぶん、姉さんのより大きかった。ネットで見るような画像より、ぜんぜんすごい。だって、目の前で動いていて。僕と同じ、同年代の女の子。ネットで見るのはすごく難しい。っていうか、一生見られないかもしれない。少し走っただけなのに、怖いくらいに激しくなる動悸はいっこうに鎮まらない。マツリカさんはなにか言っただろうか？　記憶にない。ただ、こちらを睨んでいた。もしかしたら嫌われたかもしれない。いや、嫌われたに決まっている。だって、数秒、凝視しちゃった。そりゃ、するよ。しちゃうだろ。けれど、だって、普通、こんなところでお風呂に入るか？　ていうか、水、どっから引いてるの？　窓から出てたホースから？

　逃げ出したい衝動にかられた。それでいて、さっき見た彼女の身体を脳裏で再構築しようと、記憶のパズルを拾い集める僕がいる。自分の中で、醜くて汚い、いやらしい気持ちが湧き上がってくる。高鳴る鼓動を鎮めようと、胸を押さえつけ、床に蹲る。考えるな、考えるな、考えるな。でも、思い出す。何度も、思い出す。目に焼き付いたあの柔らかな輪郭が、想像の中で蘇っていく。

　どれくらい時間が経ったのか、背後の足音に気づいた。怖々と振り返ると、マツリカさんが戸口に身体を寄せて、こちらを見下ろしていた。彼女は濡らした髪をバスタオルで拭いている。いつものブラウスとスカートの夏服姿で、ネクタイはしていなかった。ブラウスの胸元はボタンが外されている。目眩がした。息苦しいくらい、顔が熱くなる。僕は床に正座したまま、顔を背けた。ふわりと、彼女が屈む気配がした。

「逃げ帰らなかったことに関しては、褒めてあげる」

　耳元の囁き。石鹸の匂い。

　マツリカさんは、なんの動揺を浮かべることもなく、常のように高慢な口調で言った。

「今日は訪ねることを禁じているはずだけれど」

　僕は俯いたままだった。すみませんと小さく口にする。

「その」僕は醜く言い訳を垂れ流した。「伝えたいことがあって。メール返ってこなかったし、どうしたのかなって思って。きっと、マツリカさんも、興味があるんじゃないかって」

「そんな理由で、わたしとの約束を破ったの？」

「すみません」

何度も、すみませんと小さく繰り返して、違和感に気づいた。

マツリカさんは怒っているようだったけれど、それは入浴を覗いたことに対してではなく、僕が約束を破って勝手にここへ足を踏み入れたことに対してのようだった。なんて無頓着。ていうか、平気なわけ？　怒るところ、違くないか？　恥ずかしくないの？

顔を上げて、彼女を見る。濡れて額に張り付いた前髪。水滴を帯びた白い首筋。開いたブラウスの胸元から覗く、艶めかしい肌。あまり身体を拭かないまま服を着たのか、ブラウスは肌に張り付いていた。うっすらと透けて、ピンクのブラが見える。彼女は素足だった。どこにあったのか、リラックマ柄のスリッパをつっかけている。なんでリラックマ？　女の子のブラジャーが透けているところを間近で見るなんて、初めての経験だった。

「あの」どうしてか、怒りすら覚えた。「危ないじゃないですか」俯きながら、僕は、つっかえつっかえ言う。「普通、こんなところで、お風呂に入りますか？　そりゃ、誰も来ないかもしれないけれど、もし、誰かが来たら……。つまり、マツリカさん、女の子なんですから。無防備すぎるっていうか」

彼女は僕の傍らに身を屈め、むき出しの膝に顔を乗せていた。視線を少し下にやると、未だ濡れている太腿が艶めかしく露出している。その下は暗くてなにも見えない。角度的に見えてもおかしくないのに、女の子のスカートってどういう構造になっているんだろう。

「わたしが強姦されるかもしれない、ということ？」

直截的すぎる言葉に、耳が熱くなる。自分の体温が高まるその理由は、それだけじゃなかった。濡れた彼女の匂い。熱く、血がたぎるような身体の疼き。

「もっとも、まったくの第三者ならともかく、おまえにその勇気はなさそうだけれど」

彼女は鼻で嗤う。たったそれだけで、矮小な自分の存在を、酷くけなされたような気がした。

たぶん。ここなら悲鳴は届かない。なにをしても、きっと僕の自由になってしまう。だから、そんな言葉で僕を挑発しないで欲しかった。僕を怒らせないで欲しかった。無理矢理、力でねじ伏せて彼女を屈服させるのは、快感だろうか。この怒りをぶつけるみたいに、彼女の肩を掴んで、押し倒して。傲慢で、生意気で、いつも他人を見下したようにしている彼女を、そんなふうに支配するのは、どんな気分だろう。ナメんなよ。馬鹿にすんなよ。怒りや屈辱が、その欲求を後押しした。僕は手を伸ばす。甘い匂いに誘われるように。ただ、そうしたいから。だって、マツリカさん、僕は男なんだ。

「構わない」耳元で、夢のような言葉。「わたしは、自分の生命や貞操に執着していないから」

　どういう意味だろうと思った。

　生命に執着しないって。どういう意味だろう。蠱惑的な果実。インターネットでアクセスしても、決してふれることのできないものが、目の前にある。手にするのは自由だった。僕の求めるものは、目の前にある。けれど、それが、本当に僕の欲しいもの？

　見下ろすと、僕の手は正座した膝の上に乗ったままだった。当然だった。僕にそんな勇気なんてないよ。柴山祐希はユーキのないユーキ。子供の頃、さんざんからかわれたその言葉を思い出す。言葉は、真実を含んでいるぶんだけ、人を傷付ける。

「変なこと言わないでください」顔を背けて、大きく息を吐く。呼吸できなかった。これ以上、彼女の香りを意識したら、気がおかしくなる。「死なれたら、僕が困りますし」

「あら、そう？」

昼の端をつり上げて、マツリカさんは立ち上がる。

「そうですよ。勉強だって教えてもらわないといけないですし、第一、ここでマツリカさんが変死体で見つかったら、僕が第一発見者で、きっと警察に疑われます」

「そう」彼女は髪を拭きながら、いつもの椅子に尊大な様子で腰掛ける。「それで？話というのは？」

あっさりとした話の切り替わり方だった。少し拍子抜けしてから、僕は彼女に向き直って正座し、何度か咳払い（せきばら）いを繰り返す。こちらはすぐに頭が切り替わらない。まだ頬の紅潮も消えないまま、小西さんの言う肝試しの話をした。これ以上変な気持ちを抱かないように、僕は床に話しかけていた。

「それで、マツリカさんも興味があるかなと思って……。ほら、手すり女なんていう怪談よりは、面白そうかなって」

「興味ない」

一刀両断だった。

「毎年やっているくだらない遊びでしょう？　余興を盛り上げるための、つまらない作り話よ。まぁ、報告くらいは聞いてあげるから、一人で行ってきなさい」

僕は口を開けて、ぽかんとしていたと思う。叱られたみたいに小さくなった肩を意識すると、どうしてか、ひどく落胆している自分に気づく。

もしかしたら、僕は褒めてもらいたかったのかもしれない。面白そうな話ねって。そう言って、喜んでもらいたかったのかもしれない。

柴犬、それじゃ、その幽霊を捜してきなさい。そんなふうに、命令してくれれば良かった。ここからでは観察ができないから、わたしも行こうかしら——。心のどこかで、彼女と夜道を歩くことを、期待していたのだろうか？

結局、その日はバスタブに溜めた水を捨てる作業を言いつけられて、遅くまで重労働させられた。どうやら隣の駐車場の水道から水をくみ上げていたらしい。立派な窃盗だった。いくらクソ暑いからって、そこまでして水浴びをしたかったのか。ていうかあのバスタブはどこから拾ってきたんだろう。不思議だ。マツリカさん一人で持ち運べるものではない。

その日、帰宅したのは九時前だった。こんな夜に帰ったなんて姉さんに知られたら怒られそうだ。筋肉痛になりそうなくらい身体は疲れているのに、ベッドに入ってもなかなか眠れなかった。ずっと、目に焼き付いたマツリカさんの白い身体ばかり思い返していた。

2

違う世界に迷い込んでしまった気がする。

たくさんの笑い声と囁きは、場違いなところに来てしまった自分を嗤っている。中学生のときだったか、母が運転する車の後部座席から、学校のグラウンドをぼんやりと眺めていたことを思い出す。地元にある高校だった。暗がりの中、ライトアップされたグラウンドの向こう、金属音を立てて打ち返されるボールを追いかけ、練習に明け暮れる高校生達。スポーツに興味はなかったから、夜まで練習なんて面倒だろうなとしか思わなかった。けれど、そんな時間まで仲間達と一つのことに熱中している彼らの世界は、空まで伸びるネットとフェンスに強く遮られているようで、自分の手で触れることはできないのだろうと予感していた。母が運転する車は、すぐに高校の前を通り過ぎた。結局、僕は高校に入っても部活をしないで、友達も作らないまま、夕方には家に帰る。そんな毎日のはずだった。でも、最近、少しずつ帰りが遅くなっている。

上級生の説明を受けたあと、受け取った地図を懐中電灯で照らして、コースを確認する。スタートとゴール地点は別になっていて、L字を描くように、雑木林の小道を進むらしい。なにがそんなに面白いのか、耳障りできんきんする女子達の声がうるさかった。集まったのは男女合わせて三十人くらい。小さな山の麓近くにあるこの場所は、明かりもほとんどなくて目立たない。懐中電灯の先に、置き捨てられた電化製品のゴミの山が見えた。あまり騒いでいると通報されるんじゃないかと心配していたけれど、周囲には民家がなく、街灯もないこんな場所へ迷い込んでくる人はいないようだ。

「柴山さ」隣で同じ地図を覗き込んでいた小西さんが、久しぶりに声を上げる。「やっぱり、なにか細工とかしただろ」

小西さんは不服そうで、眼鏡の奥ですっと細められたその眼に、鋭く胸を切られたような気がする。さっきから何度も同じことを言われて、そのことが居心地の悪さを助長させていた。

小西さんは蚊の対策に薄手のパーカを羽織り、首から一眼レフのカメラを下げている。カメラの上部にはゴツゴツとしたストロボが付いていた。こんな真っ暗な中でも写真を撮るつもりらしかった。

「してないよ。偶然だって」

くじ引きの結果に文句を言わないで欲しい。僕は正直、小西さんとペアになれてほっとしていた。知らない女の子が相手だったら、気まずさに負けて押し黙っているしかなかっただろう。周囲には、ペアになった男女が散り散りになって会話に花を咲かせていた。不思議な光景だった。たぶん、やっぱりここは違う世界なんだ。知らない相手でもうまく話せるような人間じゃないと、生きていけない世界。僕はそこに迷い込んでいる。たぶん、今だけじゃなくて、生まれたときから、ずっと。

「偶然にやられていちばん不運だったのは、秋和先輩だね」

小西さんが、そう囁く。誰、と僕は聞いた。彼女は、え、男子のくせに知らないのか、と気の毒そうに僕を見る。

ほら、あっちにいる先輩、と彼女はカメラを向けた。遠慮なくストロボを光らせて写真を撮る。突然の光にみんながこちらを見たけれど、小西さんは気にした様子もない。

「可愛いだろ。かなりモテるって話だよ」

小西さんは、口調だけでなく、振ってくる話まで男っぽい。彼女が見せてくれた液晶画面を覗き込む。女の子が映っているけれど、よくわからない。さりげなく懐中電灯でそっちの方を照らして、服装を頼りに女の子の顔を盗み見た。なるほど、かなり可愛い人のように見える。

「なにが不運なの？」

「先輩に聞いた話だけど。ほら、ペア組んだ相手、根岸っていう二年生。もう秋和先輩にベタ惚れで、何度もしつこくアタックしてはふられてるって。ストーカー予備軍らしいよ」

正直、興味のない話だった。小西さんも、教室の女の子達がしているみたいに、そういう話が好きなのだろうか。まったくの他人が、誰かを好きになったとか、嫌いになったとか。そんな、どうでもいい話を。

秋和先輩は、根岸という人に一方的に話しかけられていて、少し困ったふうに笑っては、顔を背けている。わかりやすい拒否信号だった。根岸という人は、けれど、その信号を受け取ることができないでいるらしい。僕よりも空気が読めない奴って、いるところにはいるんだ。

「なぁ、さっき説明よく聞いてなかったんだけど」小西さんはそう言って、僕の手から地図を奪った。「途中のチェックポイントってやつ、これ？」

そうだよ、と僕は頷く。小西さんは肝試しのルールやら怪談話やらを先輩が語る間、カメラの設定をいじるのに夢中だった。

「そこに隠されてるお札を一枚、とってこないとゴールできないんだって」

「そんで、そのお札の隠し場所を知るには、暗号を解かないとダメなんだろ？」

「そうそう」

スタートは数分おき。僕らはくじ引きで後の方と決まっているから、まだまだここで待たされることになる。主催側の先輩が虫よけスプレーをかけてくれたのはありがたかった。周囲の子達は、顔見知り同士でグループを作り、盛り上がっている。小西さんは僕との会話に飽きてしまったようで、真っ暗な中にもかかわらず、カメラを覗いて辺りの景色をぱしゃぱしゃと撮っていた。仕方なくケータイでネットのニュースを眺めていると、主催側の先輩にストロボを注意されたらしく、不服そうに小西さんが戻ってきた。柴山、あっち照らしてみて。小西さんに言われるままに、懐中電灯で電化製品の廃材を照らすと、彼女はストロボなしでシャッターを切っていく。すげーブレるなぁと彼女はぶつぶつ呟いていた。

暫くすると、十二番のひとたちどうぞー、と明るく陽気な声で呼ばれた。僕らの番だった。

3

懐中電灯で前方を照らし、前に進む。周囲は真っ暗で、ほとんどなにも見えない。暖かな風がそよぐと、草の匂いが立ち上ってくる。雑木林を掻き分けるように延びる道は踏み固められているようで、躓く危険は少ない。道幅は車が通れる程度、背の高い草や伸びた枝が壁のように左右を囲んでいて、迷うことはなさそうだった。

「柴山、前ね」

「え、なんで」

「男なんだから、当然だろ？　前歩けよ、前」

僕が少し先を歩いて、小西さんがそのあとについてくる。ドラクエでいう二人パーティと同じ。空を仰ぐと、樹木の枝が星空を微かに塞いでいる。童話の世界で森の中を歩いているみたいだ、なんて思っていると、少し進んだ分かれ道の藪の中に白い着物を着た女の人が立っていてビビった。無言なのでなおさら怖い。と思ったら、小西さんがカメラを向けてシャッターを切った。まばゆくストロボが光る。幽霊役の女の子は、暗鬱な表情から一変、笑顔を浮かべてピースサイン。なんだかシュールだ。

「まだまだ序の口だから気を付けてね。コースはこっち」

笑うと可愛くて親切な幽霊だった。

「ここに一人で立ってる方が怖そうですね」と小西さんが言うと、「いやだやめてよ考えないようにしてるんだから」と幽霊さんは身震いをした。確かにここでじっとしているのは大変そうだ。「文化祭はお化け屋敷やるから。二のBをよろしく」そう言われて見送られる。

森の中はとても静かだった。小西さんが付いてきているかどうか、ときおり振り返りながら道を歩く。なにが出てきても驚かないよう用心深く進んでいると、小西さんが声を上げた。

「本物が出たりして」

まさか、と僕は笑って返す。だって。と、少し不安そうに声を震わせて、小西さんは言った。マジらしいよ。ここで女の子が死んじゃった話ってのは。

「眼を抉られちゃったっていう……？」

「そう」肩越しに見ると、小西さんは俯いていた。「かなり昔の話らしいけれど……。マジ、ひどいよね。男はいいよな。柴山も、そういう怖さ、絶対にわかんないだろ」

その言葉の意味を把握するのに、少し時間がかかった。男にはわからない怖さ。噂の幽霊の少女は、男に暴行されたのだという。人気のない夜道を歩くとき、きっと僕なんかが想像付かないくらいに、女の子達は逃れられない不安と戦っているのに違いない。僕は幽霊なんて信じていないし、変質者に襲われる理由もないから、暗闇を恐れる必要はどこにもない。

僕はなにも言えなかった。手にした地図を意味もなく見下ろし、ひたすら歩く。前にも、彼女はこんなふうに、会ったこともない死者を憐れんだり、理不尽さに憤ったりしたことがあった。「マジ最低だよ。でも、こんなとこで遊んじゃうあたし達も、最低なのかも」僕は気の利いたことをなにも言えない。たぶん、僕もその最低な男の一人だから。僕らは暫く、黙って歩いた。

幽霊なんて信じていなくとも、暗闇の中から突然人が飛び出してくれば、恐怖を感じてしまうものらしい。それから暫く、要所要所で出てくる怪異に、僕らは悲鳴を上げた。それまでの少し気まずい雰囲気を吹き飛ばすように、叫んで、肩を跳ねさせ、ときには笑って、走る。ゾンビマスクの怪人が現れるとか、藪の中からマネキンの手がたくさん突き出てくるとか、女の子の悲しげな泣き声がどこからともなく聞こえてくるとか、それくらいはまだ良かった。いちばん心臓が飛び出たのは、奇声と共に現れた幽霊で、彼はサバイバルゲームさながらに藪の中に潜伏しており、小西さんが通過するのを待って、彼女の背後から僕らを驚かした。小西さんはうおぉぉと女の子らしくない絶叫を上げて僕の腕にしがみついてきた。僕は幽霊よりも、小西さんが突然しがみついてきたことに対して驚きの声を上げていた。本物じゃないとわかっていても、本能的になのか、僕と小西さんは互いにしがみついたままダッシュしていた。

「び、びっくりしたぁ……」

二人で小走りに数メートル走って、振り返る。途中まで追いかけてきた幽霊は突撃銃を抱えた迷彩服姿だった。彼はもぞもぞと茂みに戻っていく。

「なに、あれ？」

「幽霊？」

「旧日本軍の亡霊だ」

　という解説の声がその茂みから聞こえてきた。僕らは顔を見合わせる。未だ心臓がばくばくと音を立てていたけれど、僕らはそれを聞いて笑い合う。小西さんは大きな悲鳴を上げてしまったことが、照れくさかったのかもしれない。少しはにかんだ笑顔で、眼鏡の奥の眼を瞬かせていた。すぐ近く、彼女の身体の感触を腕に感じる。眼鏡をしているときの小西さんは、瞳が大きくて女の子っぽい。柑橘系の心地よい匂いが、草むらの青臭さの中でふわりと鼻をくすぐる。眼鏡をかける前は、いつも睨むように眼を細めていて、怖い顔をしていたのに。小西さんって、こんな子だったんだ。僕の霞んだ双眼鏡は、いつだって本質を捉えることができない。だから、空気の読めない発言ばかりして、みんなを困らせる。

　しばらくして、小西さんは僕から離れた。

「柴山、逃げるなよ。男なんだから」

「逃げてない。ちょっと、小西さんがしがみついてきたから、びびっただけ」

「ははん」と小西さんは鼻を鳴らす。「じゃ、もうしがみついてやらない」

「え？」

　小西さんは、僕の手から懐中電灯をひったくり、数メートル先に駆けだしていく。

「ほら、柴山、早く来いよ！　男だろ！」

「待ってよ。離れたら危ないよ」

どちらかというと、明かりを持っていない僕の方が迷子になりそうだった。

今日の小西さんは、なんだかいつもよりはしゃいでいる。といっても、僕は普段の小西さんをよく知らない。教室にいるときと、部活をしているときの小西さんは違うのかもしれない。暗い中を駆け足で進んで、転んだりしたら大変だ。幽霊に襲われるってことはまずないだろうけれど、驚いて転ぶ可能性はありそうだった。

僕は駆け足で彼女を追いかけた。

暗闇を恐れる理由はない。

男子たるもの、彼女を守って進まなければ、なんて思ってしまった。

4

ゴール地点はスタート地点と同様に、人目に付かない空き地だった。ぼうぼうに草が生い茂っていて、ずっと向こうに信号機が見える。道路が走っているようだけれど、車が通る気配はみじんもなかった。そちらの方にある街灯のおかげで、スタート地点に比べるとずっと明るく感じられる。ゴールしたペアは、蚊が気になるのかほとんどが雑木林から離れ、道路側にたむろしていた。小西さんは一人でストロボを光らせ、ぱしゃぱしゃと周囲の景色をカメラに収めている。僕はというと、やることがなくて居心地が悪かった。もう帰ってもいいのだろうか。でも、このまま小西さんを放って帰るのも、なんだか忍びない。

暇だったので姉さんからのメールを読み返していると、「小西ー」と近くの男子が声を上げた。知らない男子だ。彼はカメラを構えている小西さんに近寄った。「お前さ、幽霊、何人いたか覚えている？」

奇妙な質問だった。小西さんはじっと男子を見返している。

「そんなの、知らないよ、なんで？」

「それがよ、面白い話になっててさ。幽霊、一人増えてるんだよ」

「意味わかんない」と、表情を変えずに小西さん。

「だからさ、先輩に聞いたんだけど、幽霊がいる場所って、全部で十箇所なんだって。でも、十一箇所だったってやつが何人かいてさ」

小西さんは訝しむように首を傾げ、指折り数え始める。

「えっと、まず、スタートしてすぐの着物の人だろ。少し行ったところに、特殊メイクっぽい人。そっから暫く歩いて、ゾンビ。その次にマネキンの手。そのあとチェックポイントの少し前に女の子の泣き声でしょ、それから――」

「待て待て待て」と、彼が言う。「うわー、マジか。ちょっと鳥肌立ってきたわー」半袖のシャツから覗く腕を摩り上げて、男子はちょっと大げさに騒いでみせた。「そんな、泣いてる女の子なんて、俺ら見てないって」

「あたしも見てないよ。ただ、泣いている声が聞こえただけで」

平然としている小西さんは、暫くその男子と無言の視線を交わした。さすがに気味が悪くなってきたのか、小西さんは身震いをした。

「え、嘘でしょ。マジ?」

「マジだって、マジ。宮田(みやた)たちも、そんなの聞こえてないって言ってるし」彼は遠くで女の子とじゃれ合う男子に声をかけた。「宮田ぁ。お前も知らないだろ。泣いてる女の子の幽霊」

おう、と宮田と呼ばれた男子は頷(うなず)く。

「うわー、これは面白くなってきたわ」

小西さんはどこか緊張した面持ちで、僕の方に近づいてきた。

「あのさ、柴山。いま、あいつらと話してたんだけど……」

「うん、聞こえてた。幽霊が、一人多いって話でしょ?」

「柴山も、聞こえてたよね、あの泣き声」

「うん……」

少し掠(かす)れていて、どこからともなく聞こえてくる、もの悲しげな怨嗟(えんさ)の声のように思えた。やたらリアルだったので、テープに吹き込まれた声というよりは、演技のうまい先輩なんかが、どこかに潜んで声を流していたんだと思う。

「からかわれていたらしゃくだし、先輩に確認する。柴山も来て」

小西さんの行動は早かった。僕はまだ、得体の知れない気味の悪さに呆然としていた。

「早く」

頷き、慌てて小西さんを追う。

「先輩」予備の懐中電灯などが詰まった大きめのリュックを広げ、なにやら忙しそうに中を漁っている女の子に、小西さんが声をかける。女の子は立ち上がった。「あの、ちょっと聞きたいんですけれど」

その質問の言葉を遮り、先輩が言う。

「あ、ナホさ。あなた達、ちゃんとお札返したよね?」

「はい? そりゃ、返しましたけど」

「だよね」と、先輩は首を傾げる。

「どうしたんですか?」

「うーん。変なんだよね。さっきね、最後のグループがゴールしたんだけど、お札の数が一枚足りないんだよね」

「え?」

「あれ、あたしの自作だから、きっちり十六枚あるんだけど、いまは十五枚しかなくって……。まだ一組、森の中で迷子になってたりして」

　僕と小西さんは顔を見合わせる。それは大問題だ。

「あはは、でも、安心して」先輩はにこっと笑う。少し焦っているようでもあったけれど。「さっき川崎に電話したら、ちゃんと全員ゴールしてるって言うから……。でも、お札が一枚足りないんだよね。なんか、不気味な感じ。封筒に入れて、このリュックに突っ込んでおいたから……。誰か持って行っちゃったのかな？」

「川崎って、誰ですか？」

「二年生の子。全員がちゃんとゴールしたか、確認するのが彼の仕事ね。彼のほかにも何人か森の中にいて、迷子になったりしてないか、一応確かめてるんだけど……」

「あの」と、小西さんは質問する。「先輩って、幽霊の配置とか、把握してますよね？」

「そりゃね。どうかした？」

「その……。女の子の泣き声がするところって、あります？」

「ん？」

「つまり、女の子の泣き声を聞かせて、驚かせようとする場所がありましたか？」

「え。そんなのないと思うけど」先輩はきょとんとしていた。「声だけなんて、そんな、つまらないじゃん。あ、でも、それはそれでありなのか。声だけで姿が見えないなんて、それなりにリアリティがあるよね。ナホ、来年はそれ採用しちゃいなよ」

僕と小西さんは顔を見合わせた。

「それよりさ、終わったら打ち上げやるけど、ナホ達は来る？」

小西さんはふるふると顔を振った。

「いえ、あまり遅くなると叱られますから」

どういうこと？　顔を見合わせ、小西さんと二人で歩く。彼女は言った。

「柴山、駅、いっしょだろ？」

「もう帰る？」

「うん。騒がしいの、嫌いだし」

それじゃ、駅まで送っていくよ。そんな気の利いた言葉は言えなかったけれど、途中まで一緒に帰るという雰囲気は伝わったみたいだった。道路の方まで歩くと、最初に声をかけてきたあの男子が、また小西さんに声をかけてきた。

「十二箇所！　また増えたってよ！」

次から次へと、なにがなんだかわからない。

「なにが増えたの？」

小西さんは、慎重な様子で訊ねた。

「片眼の、女の子だってさ……。根岸先輩が見たんだと。ありゃ、かなりびびってたぜ」

　まさか本当に幽霊がいるなんて、僕は思わない。

　死んだ人間は、どう足掻いたって、こちらの世界に干渉することはできないんだから。逆もまたそう。そのはずだった。

5

　月曜日の放課後は、さっそく廃墟ビルへと駆け込んだ。今日は午後から土砂降りになっていて、ビルのシャッターを潜るまでにはずぶ濡れになってしまった。雨水を滴らせながら階段を上がる。これじゃ自分が隻眼山の幽霊みたいだ。いつもの観測部屋にマツリカさんの姿はなく、肩すかしを食らったような気分になる。たいていは、ここで望遠鏡を覗き込んでいる彼女の後ろ姿が出迎えてくれるはずだった。まさか今日もお風呂に入っているわけじゃないだろうに。

　濡れた制服を乾かしたかったけれど、タオルのようなものはこの部屋には見当たらない。

　ふと、背後に気配がする。振り返ると、びしょ濡れのマツリカさんが立っていた。

一瞬、幽霊に見えた。川で溺れて、片眼を失った少女の霊に。ブラウスは艶めかしく肌に張り付いており、その胸元が大きくはだけている。息を呑む。柔らかな膨らみを覆う白い布地。首筋から下に走る小さなひっかき傷。丸見えの谷間に埋もれるようにしてあるのは――。

「え、なんですかそれ」

平然とブラを曝している彼女に対し、欲情を抱いたのは事実だった。けれど、その胸元にあまりにも素っ頓狂なものが収まっているものだから、気分は少し萎えた。

「猫よ」戸口に立ったまま、彼女はしれっと言う。「見てわからないの、おまえ」

「いや、わかりますが」

なんで、猫をおっぱいに挟んでるわけ？　意味わかんない。

彼女はブラウスの胸元を開けて、その中にずぶ濡れの子猫を押し込み、両手で抱きかかえていた。子猫は雨に打たれて弱っているようで、小刻みに震えている。

「もしかして、捨て猫ですか？」

「たぶん、そんなところね。いまどき珍しく、段ボール箱の中に入れられていたわ。漫画のような光景で、思わず拾ってきてしまったのだけれど」

骨董品だけじゃなくて、動物まで拾ってくるとは。

彼女は猫を抱え上げる。見える範囲が拡大した。思わず片手で顔を覆いつつも、五指をきちんと広げて前方を直視した。す、凄い。

「な、なんか、すごく弱ってますか、もしかして」

「そうみたい」

「どうしましょう。死んじゃうかも」

「電子レンジに入れたら、乾くかしら」

彼女は抱きかかえた子猫を見下ろし、そう仰る。

「爆発しちゃいますよ！　っていうかレンジあるんですか。電気通ってないでしょ？」

「コンビニで温めてもらうわけにもいかないし」マツリカさんは首を傾げる。真面目な顔だった。冗談であって欲しい。「そうだ。柴犬、おまえ、使い捨てカイロを買ってきなさい」

「え、ホッカイロですか？」

「そばのコンビニに売っている」

「この暑い時期に？　売ってますか？」

「いいから、買ってきなさい。ついでに牛乳も」

くいと顎で戸口を示される。顎で使われるというのは正にこのことかと思いながら、言われるまま外に出た。いいものを見てしまったので、従わなければ罰が当たる気がした。幸いなことに、マツリカさんが拾い集めたという置き傘のコレクションが一階の片隅に乱雑に重ねられていたので、それほど雨に濡れずに向かうことができた。コンビニで使い捨てカイロを二袋と、牛乳パックを一つ買って、廃ビルへ戻る。

マツリカさんは観測部屋ではなく、五階にある自室に戻っていた。寝台に腰掛け、猫を綺麗なバスタオルにくるんで、その毛先を拭いてやっている。僕は彼女に命じられるままにカイロを取り出し、それをぐねぐねと揉みほぐして温める。彼女はびしょ濡れになったブラウスの代わりに、素肌の上から長袖のカーディガンを着ていた。いちばん上までボタンを閉じていても、彼女が屈む度に蠱惑的に膨らむそこが、僕の視線を何度も惹きつけた。新しい発見だった。カーディガンがこんなにエロいなんて。ここは天国か。僕はもうすぐ死ぬのか。ていうか、もっとましな上着はないのだろうか。この部屋にはたくさんマネキンが転がっていて、色々な服を身につけているのに。マツリカさんは新しいタオルにカイロを入れて、それで子猫を包み直した。

「あとは、おまえが温めて」

「え、僕ですか?」

拾ってきたのはマツリカさんじゃ……。僕は動物が苦手だった。

「そうよ。おまえの仕事にふさわしいと思わない?」

イラッとした。

押しつけられた子猫を怖々と抱いて、床に腰を下ろす。猫はもう震えていなかったけれど、動く元気はないようだった。

「おまえ、つまらない人間ね」マツリカさんは、ため息を漏らした。「雪山のセオリーといえば、肌を合わせて温めることでしょう？　服を脱いで温めるべきとは思わない？　犬は犬らしく」

「あの、ここ雪山じゃないです……」

ついでに言うと僕は犬ではない。

「雨で冷えているのだから、一刻を争うみたい。でも、別に構わないわ。体温が足りなくて死んだら、おまえの責任だものね」

からかわれているのはわかっている。でも、一回、本気で怒るべきだろうか。

「きちんと、そのメスを抱いてあげなさい」

「え、この子メスですか？」

「知らない」

マツリカさんはテーブルの上にカセットコンロを設置し、やかんに牛乳を注いでいる。子猫のためにミルクを温めるつもりらしい。

変わった人だ。

それは、わかっている。わかりきっている。初めて会ったときから、その印象は変わっていない。窓辺から、望遠鏡で学校を観察し続ける高校生なんて、変人以外の何者でもない。こんな格好で平然としている時点で、頭がおかしいとしか考えられない。彼女はちょっと、壊れているんだ。僕と同じように。

人間を見ているのよ。

彼女は、以前、僕にそう言った。

僕は、暫く黙って子猫を抱いていた。マツリカさんはなにも言わなかった。綺麗な皿に温めたミルクを注いで床に置く。僕は重力に引かれて深く強調される彼女の谷間を盗み見ながら、ふと疑問に思って言った。

「猫って、牛乳飲ませて平気なんですかね」

マツリカさんは、はたと動きを止めて、すっと背筋を伸ばした。ポケットから黒い携帯電話を取り出す。スマートフォンだった。慣れた手つきで親指を黙々と動かす。検索して調べているらしい。

「下痢をする可能性があるみたい」

むっとした表情だった。その拗ねたような顔に、思わず笑みがこぼれる。僕は慌てて顔を背けた。

「なにも与えないよりはましでしょう。それとも、おまえはここから二駅先のスーパーまで行って、猫用のミルクを買ってきてくれるの？」

「それだと時間かかっちゃいますよ」僕は腕の中の猫を見下ろす。「大丈夫なら、いいんですけれど」

「獣なのだから、頑丈に出来ているでしょう、たぶん」

根拠のなさそうな話だ。僕らは激しい雨の音を聞きながら、沈黙を挟んだり、互いに不安の声を発したりしていた。哺乳瓶が必要だろうかとか、ミルクは人肌程度の温度でいいんだろうかとか、食事はなにを与えればいいんだろうかとか。

彼女はベッドに腰掛けたまま、じっと子猫を見下ろしている。切れ長の眼は、今はなぜか悲しげに細められていた。

やがて、猫がもぞもぞと動いた。自分で少し歩ける程度には成長しているらしい。舌を出してちろりと舐める仕草をしてみせた。

小皿の脇にタオルごと猫を下ろしてやると、猫はゆっくりと時間をかけて小皿に鼻を寄せた。思いのほかスムーズに、ミルクを舐め始める。

「自分で動けるようだし、捨てられる前までは、ミルクを与えられていたのかもしれないわね」

「生まれたばっかり、ってわけじゃないんですね。小さいから、よくわからないけど」

「こんなにも小さいのに、親からも、人間からも見放されたのね」

マツリカさんは、そっと手を伸ばす。指先が子猫の額に触れた。猫はそれを気にした様子もなかった。

「それで」彼女は立ち上がり、僕を見下ろして言う。「報告は？」

しばし、きょとんとしてしまった。興味ないとか言っておいて、そう要求してくるなんて。とはいえ、僕の方も昨日のできごとを話すつもりでいた。マツリカさんは変人だけれど、というか、変人だからなのか、頭は人並み以上に冴えていて、以前にも不思議なできごとを、想像と推理で説明づけたことがある。僕は少しばかり、彼女のその能力に期待していた。

だって、さ。

幽霊なんて、いるわけないんだから。

マツリカさんは、じっと黙って僕の話を聞いていた。僕が話し終えた後も暫く、彼女はその場にかがみ込んで、タオルの上で丸くなった子猫にそっと手を這わせていた。

「この子は、この世界から見放された現実に、気がついているのかしら」

問いかけるような彼女の眼を、見つめ返す。唐突な言葉だった。わけがわからず彼女を眺めていると、マツリカさんは僕の返事も待たないで立ち上がった。

「狂おしいほどに執着する。その感情を、理解はできる。順に確認していきましょう」

立ち上がった彼女の短いスカートを見る。スカートは新しいものに替えられていた。明るいグレーに白のラインが入ったチェック柄。僕の高校のものではなさそうだ。

「増えた幽霊は二人。一つは、その根岸という男の妄言だとして、おまえ達が耳にした、泣いている女の幽霊というのは、いったいなんだったのかしら？」あっさりと妄言と決めつけた。窓辺に立ち、汚れた硝子の向こうに視線を向け、彼女は続ける。雨は激しく窓を叩き付けていた。空気の流れがないせいで、暑苦しい。「事実を素直に受け止めれば、そこには、本当に泣いている女がいたというだけのことでしょう」

「泣いている、女？」

誰か、参加者の女の子が泣いていたってこと？　なんで？

どういうことですか、という質問をまるきり無視して、マツリカさんは次の疑問に移っていく。

「札が消えたのは、いつかしら？　札を回収した人間は、本当に全員の札を、回収したの？」

「そう言ってました。最後のグループがゴールして、でも、あとで数えてみたら一枚足りなかったって」

「その生徒は、ゴールした組の数を、本当に数えていたのかしら。最後のグループがゴールした。他の人間からそう報告を受けたから、すべて回収したのだと思い込んだ可能性は？　そう、全員というのは、終着点に現れた男女全員から、札を受け取ったという意味ではなくて？」

「どういう、意味ですか？」マツリカさんは伏し目がちな眼で暗い窓の向こうを見ている。他の人間から、そう報告を受けたから？　なるほど、そうか、少しわかった気がした。「あの先輩は、参加者の全員がゴールしたと思い込んでて、だから、すべてのお札をいったん回収できたと勘違いしていた、ってことですか？」

マツリカさんは頷く。

「札はペアの数だけしか作られていなかったそうね。誰かが、中継点に設置されていた札を、恣意的に一つ余分にとって、どこかに隠したりしたのなら、最後の男女が中継点で札を見つけることができなくなってしまうわ。けれど、おまえの話を聞いた限りでは、そんな事態にはならなかったみたいね」

確かに、マツリカさんの言う通り、途中で誰かがお札を余分に取っていったのなら、最後のペアがお札を見つけられなくなってしまう。けれど、そんなアクシデントが起こった様子はなかった。そうなると、途中でお札を余分に持って行かれてしまった可能性はなくなる。

「これらを総合的に考えると、答えは単純ね。消えたのは、一枚の札ではない。一枚の札と、一組の男女。つまり、正当な方法で、終着点に辿り着かなかったペアがいたということになるわ」

　マツリカさんの言葉を、ゆっくり咀嚼する。ゴール地点でお札を回収した上級生は、すべてのお札を集めていない可能性がある。ゴール地点に現れなかったペアのお札は、受け取りようがないからだ。ゴールしなかったペアがいた場合、確かに、お札は一枚消えてなくなることになる……。でも。

「けれど、森の中で道に迷った人達がいないかどうか、確認してた人がいました。ケータイで連絡を取り合ってたみたいで、全員、ゴールしてるって言ってたはずです」

　マツリカさんは僕を制するように、す、と掌を差し出す。

「終着点に辿り着かなかった男女がいたと仮定しましょう。その場合、監視役の上級生が嘘をついたということになるわ」

「それはそうかもしれないですが……。そのペアは、なんでゴールしなかったんですか？」

「二人きりになる機会は、これまで意図的に避けられてしまっていたのかもしれない。けれど、暗闇の中、周囲に見咎める者がいない場所へ、彼女を連れ出せるとしたら、どうかしら？」

　微かに笑って、マツリカさんが僕を流し見る。

　もしかして、と思いつく。

「それって、秋和先輩と、根岸って先輩のことですか？」

だとしたら。

暗闇の中。周囲に見咎める者がいない場所。ずっと避けられていて、偶然、二人きりになることができた絶好の機会。けれど、秋和先輩は根岸のことを迷惑がっていたはずだった。

「無理矢理……。連れ出したってこと？」

「監視役の人間がいるとしても、舞台となった森の全域を見張っていたわけではないでしょう。恣意的に順路を外れた人間までは、監視しようがないわね。地図と懐中電灯を男が手にしてしまえば、女の方は従って付いていくしかない。道を違えていることにすら気付かないことでしょう」

彼女の推測は、徐々に不穏な話になっていく。そうなると、秋和先輩は、ストーカー染みた男に、暗闇の中へ無理矢理連れ出されたってことになる。それじゃ……。胸の中がざわめいた。女の子の幽霊。山の中、片眼を抉られ、身を投げた少女の話。

「けれど……」と、すぐに浮かんだ疑問が口に出る。「秋和先輩を無理矢理コース外へ連れ出したとしても……。やっぱり、いずれ他のみんなが気付きます。監視役の上級生だって、何人かいるなら一人くらいおかしいと思うはずです。そんな状況で、女の子を連れ出したりするでしょうか。秋和先輩に声を上げられたらおしまいですよ」

それは、あまりにもリスクが高すぎる。

「根岸は、ただ会話をしたかったのよ。当初の彼の計画では、事は穏便に済むはずだった。その場合の策は、容易に想像できるわ。根岸は、中継点を経由する余計な時間を省くために、彼女を導いてわざと順路を外れ、その時間を会話に充てようとした。けれど、終着点に着く際には、係の人間に札を提示しなくてはならない。だから、根岸は一計を案じた」

「もしかして」ショートカットの方法は、僕にもすぐに想像が付いた。「事前に、お札を入手しておいて、中継点を経由しなかった？」

「そう。自分よりも早く、それも開始序盤に出発する友人に、札を一枚余分に取ってくるように依頼したのね。共犯者は中継地点で札を一枚余分に回収し、終着点に着いた時点で、自分の分だけを提示、回収させたの。それから開始地点に戻って根岸に札を手渡せば、根岸は暗号を解いて札を探す必要がなくなる。充分に秋和と会話をすませたあとで順路に戻り、何食わぬ顔で終着点に辿り着くことができるわ」

スタートとゴール、その間にあるチェックポイントはL字を描くようになっている。最初からチェックポイントへ向かわずに、一直線にゴール地点を目指すルートを取れば、大幅な時間短縮になるだろう。けれど。

「けれど、そこまでしますか？　いくら、相手にされないからって……。話す時間を作るために、そんな」

「あら」とマツリカさんは振り返り、眼を細める。どこかいたずらの色を含んでいて、邪悪な瞳だった。「わたしなら、する。欲しいもののためになら、どんな策だって巡らすことができる。その根岸という男はどうしても彼女を手に入れたかったのね。それこそ、喉から手が出るほどに。だから、根岸は話し合いを持ちかけたのよ。もう一度、交際を迫ったのかもしれない。けれど、彼女は首を縦に振らなかったのでしょう。暗闇の中に連れてこられて、恐怖すら抱いたかもしれない。そんな彼女を相手に、根岸は自分を制御することができなかった。彼は思い通りにならない彼女に対して、精神的にか、肉体的にか、彼女を大きく傷つける行動をとってしまった。下賤な猿のすることなんて、いくらでも想像することができるわ」

ほくそ笑むように、魔女が嗤う。そう、魔女だと思った。空は雨雲のせいでだいぶ暗くなっているようで、部屋に入り込んでくる光はほとんど失われていた。マツリカさんは、遠く離れた場所で行われた他人事を、面白がるように説明する。まるでその眼で見てきたかのように鮮明に。

「おまえ達が聞いたのは、理不尽さに震えて嘆く彼女の啜り泣きだった。奇しくも、その山で亡くなった片眼の少女と同じようにね。主催側の上級生達は、彼女の様子に気づいた。監視役の人間は、ひとまず騒ぎが大きくならないように事態を隠蔽しようとする。彼女も周囲の人間に知られたくなかったでしょうし、主催側の人間も、大事に至れば学校側に事が露見して、大きな問題に発展しかねない。露見することは双方にとって不都合だった。だから監視役の人間は、全員が終着点へ至ったという嘘の報告をした。けれど、企画側の全員に充分な連絡をとることはできなかったのね。札の枚数までには気が回らなかった。小西の知人は、札の枚数が足りないことに気づき、おまえ達が首を傾げる事態になった――」

声を潜め、必死に堪える(こら)ような啜り泣き――。あのとき、薄暗い小道を歩く僕らの傍らで、もし、本当に秋和先輩が泣いていたのだとしたら――。どれくらいの間、彼女は泣いていたのだろう。どんな気持ちで、呻(うめ)いていたのだろう。そして、どんな辛(つら)い仕打ちをうけたんだろうか――。

「根岸は、手に入らないものに、焦って手を伸ばしてしまった。強引に、それを手に入れようとした。一瞬とはいえ、愚かな過ちだったわね」

マジ、ひどいよね。柴山も、そういう怖さ、絶対にわかんないだろ。

小西さんの言葉は深く身にしみた。僕はたぶん、情けないだけなんだ。臆病(おくびょう)なだけなんだ。だから手を出さないだけで、今だって、マツリカさんの無防備な姿に、邪(よこしま)な気持ちを抱かずにはいられない。きっといつかは、盗み見るだけじゃ我慢できなくなるだろう。いやな気持ち。自分って、こんなに醜いのか。いやらしくて、浅ましくて、愚かしい。いつも卑しい眼でマツリカさんを見ている僕には、言えることなんてなにもない。

なにもないけれど――。

僕は秋和先輩のことなんてまったく知らない。面識なんてない。それなのに、僕が一瞬でも抱くような、ああいう邪悪な感情が彼女を苦しめて、悲痛なあの嘆きを呼んだと思うと、やりきれない。あれが知っている相手だったとしたらどうだろう。たとえば、小西さん。たとえば、マツリカさん。たとえば、姉さん――。

「情けない眼を向けないで。犬のようよ、おまえ」

呆れたような表情で、彼女は僕を見ている。

それじゃ、僕はいったい、どんな眼を向ければいいんだろう。どんな眼で、マツリカさんを見ればいいんだろう。僕に、このビルに立ち入る資格があるんだろうか。

「僕も同じです」俯いて、再び、たどたどしくミルクを舐め始めた黒い猫を見下ろす。「マツリカさんの話が本当なら、根岸ってやつは赦せないけれど……。でも、それって、なんだか僕が言っても説得力ないっていうか。女の子を傷つけようとする気持ち、たとえ想像だけでも、することって、あるし」

そんな自分に、呆れた。

こんなこと、絶対に普通の女の子には言えない。でも、どうしてか、この魔女みたいな人の前では、自分の卑しい気持ちをはき出すことができるような気がして。

「あら」面白そうに口元をほころばせて、マツリカさんは窓辺から離れた。真っ白なシーツがぴんと張られたベッドに腰掛けて、脚を組む。「男なんて、所詮（しょせん）はそんなものよ」

　そう言う彼女の姿を、ちらりと見る。顔が熱くなった。わかっているのなら、わざわざ屈（かが）んで胸元を強調しなくてもいいのに。もしかして、わざとやっているんだろうか。どちらにせよ、僕には手を出す勇気はない。

　勇気がないから。臆病だから。そんなことをしたら、彼女の怒りを買うから？　居心地のいい、この場所を失ってしまうから？

「それに」と、彼女は言った。眼を伏せて、どこか遠いところを見るように囁（ささや）く。

「自分の願望や想像通りに生きていける人間なんて、どこにもいない」

　不意に室内が静まりかえった。雨の音が耳を叩（たた）く。言葉を探している内に、ふと猫の鳴き声がした。

「マツリカさんだって、気をつけてくださいよ」

　すぐ側、タオルの上で丸くなっている子猫を見下ろした。猫はミルクをあまり飲まなかったようだけれど、もう震えていなかった。ときおり小さなしっぽがゆらりと動く。生きている。そう、生きている。

「雨の中で、あんな格好で……。少しは常識的に考えてください。誰かに見られたらどうするんです？　へんな男に襲われても知りませんからね、ほんと、困りますよ。本当に」

　本当、捨て猫なんかのために、そこまでするか、普通。

　生命に執着しないって。死んでも構わないって、そういう意味だろうか。だから、そんなにも無防備で、無頓着なのだろうか。それは、でも、困る。困るよ。

「どうしておまえが困るの？」

「え？」

　彼女は意地悪く言う。

「変死体で発見されると警察に疑われるから？」

　彼女の質問には上手く答えられなかった。

　もし、マツリカさんが同じような目に遭ったらって。そう考えたら。それを想像したときの、ふつふつと沸き上がる怒りとか、悲しみとか、どうしようもないくらいのやるせなさが洪水みたいに押し寄せてきて、僕の自分勝手な心の中を強くかき乱していく。僕はその感触を知っているような気がした。それは、とても怖くて、二度と、味わいたくなくて。

　子猫が顔を持ち上げて、マツリカさんの方を見る。彼女は腕を伸ばして、小さな猫を拾い上げた。優しく包み込むようにして、猫の額を人差し指でくすぐる。「生き返ったみたい」そう言って、笑った。少し、優しい笑顔。

生命に執着しないって、どういう意味？　どんな理由だって、死なれたら困る。そんなこと、言わないで欲しい。言わないで欲しかった。僕は彼女に対してなにができるだろう。怪談話の調査とか、報告に来るまでにマネケンのワッフルを買ってくるとか、そういうこと以外に、なにができるだろう。

わからない。

でも、なにかできればいい。

ここに転がっている、動かないマネキン達よりは役に立つはずだった。

臆病だから、見捨てられるから、だから手を伸ばさないんじゃなくて。

傷つけたく、ないから。

そういうふうに、彼女を見ることができればいいな。そうしたら、なにか変わるだろうか。小西さんの言葉を思い出す。レンズを付け替えることで、見える世界が変わっていくように、人を見る眼を変えることで、自分自身も変わっていくことができるかもしれない。世界が変わっていくかもしれない。相手に対して、どんなふうに振舞えばいいのか。どんなふうに、気持ちをぶつけたらいいのか。

あなたは、どんな眼で僕を見ている？

僕は、どんな眼で、あなたを見ている？

マツリカさんは猫の額に顔を寄せた。顔をしかめて、それからくすぐったそうに笑う。

「臭うわね。洗ってやらないと」

その笑顔を見て、ちょっとだけ、世界が変わったような気がした。

僕の欲しいもの。本当に求めているもの。

「あれ……」テーブルの上に、見慣れない物体を見つけた。「あれ、なんですか？」

「ナイトビジョン」猫を撫(な)でながら、眼を細めて彼女が言う。「暗視スコープね。片眼だけれど、なかなか使い心地がいいわ」

立ち上がり、そのごつい暗視スコープとやらを手に取る。こういうの、どこから買ってくるんだろう。肩越しに、猫の額を指先でつついている彼女を眺めた。

片眼の、女の子だってさ……。根岸先輩が見たんだと──。

これ、片眼に当てて、真っ暗なところを歩いていたら、一瞬、そんなふうに見えたりして。

まさか。まさかね。

興味ないって、言ってたし。いくら観察好きだからって、そこまではしないよね。

雨の音は、まだ止みそうになかった。

いたずらディスガイズ

1

姉さん、大変です。僕はいま、ゴキブリ男を捕まえるべきか、アリスの衣装を盗んでコスプレしている女の子を追いかけるべきか、究極の選択を迫られています。なにを言っているのか意味がわからなくてごめんなさい。僕にも意味がわかりません。一から説明しようとすると、昨日まで遡らないといけなくなっちゃって——。

迷う間にも容赦なく時間は進んでいく。丘の上の建物に消えたアリス。戸惑う足は立ち尽くしたまま。

携帯電話を握りしめ、僕は遠くに見える窓の開いた雑居ビルを見上げていた。

2

「おまえ、本当に役立たずね」

悠々と紅茶のカップを傾けながら、開口いちばん、彼女はそう仰った。落ち着いた様子で豪華な椅子に腰掛けて、妖艶に長い脚を組んでいる。ティーカップを口元に運んで薫りを楽しむその仕草はとても上品だった。十代の少女とは思えない冷淡で優美な顔立ちが、蔑むように僕を見下ろしている。

「仕方ない、じゃない、ですかっ」言葉が出るよりも多く、空気が欲しい。息を切らして廃墟ビルの四階まで上がり、たまらず床に座り込んだところだった。痺れた指に痛みが残る。滅多に力を入れることのない腰が悲鳴を上げていた。「こんなっ、灯油タンクっ……。自転車に載せて運ぶとかっ……。しかも、三往復なんて……」

一駅離れたホームセンターで灯油タンクを調達して、自転車で搬送、ビルに辿り着いたら更に四階まで運ぶ──というのを二回繰り返して、僕はもう伸びていた。マツリカさんが要求していた灯油タンクの数は三つだから、あと一往復しないといけない。勘弁して下さい。いくらそろそろ寒くなってきたからって、石油ストーブのために、三つもタンクを買いそろえるなんて……。これはいじめですか。

マツリカさんは、ブレザーの内ポケットから、最近買ったらしい銀の懐中時計を取りだした。蓋を開いて文字盤を一瞥すると、鎖の音を立てて胸元に戻す。

「あまりにも遅いから、途中で野垂れ死んだのかと思ったわ。おまえ、携帯電話も置き忘れていたし」

見ると、彼女の傍らにあるテーブルに、僕の携帯電話が載っていた。忘れていたことにすら気がつかなかった。慌てて立ち上がり、それを回収する。

「の、覗いたりしてませんよねっ！」

マツリカさんは興味なさそうに茜色の陽差しに眼を向けている。電灯のない荒れ果てた室内を、夕暮れの色が静かに染め上げていた。

「どうして、わたしがそんな真似をしないといけないの」

「この前、勝手に履歴覗いたじゃないですか！」

「それより、そのストラップに付いている宇宙生物はなに」

「え、あ、これですか」僕は手にした携帯電話を見下ろす。「イルカ、だと思いますけど」

「おまえ、奇妙な趣味をしているのね」

確かに、イルカだと言われなければ宇宙からやってきた未確認生物に見えなくもない。あまりセンスのいい趣味とは言えないかもしれなかった。裕見子さんの買ってくるお土産は、いつも変わっている。彼女のセンスに同調できるのは姉さんくらいなもので、僕はたびたび、彼女から貰うお土産をもてあましていた。これもその内の一つだった。

「従姉妹が先月買ってきてくれたお土産なんです。これでも、三つの中ではいちばんまともなデザインだったんですから」

「真っ先におまえが選んで、それでもいちばん優れていたのが、それ？」

「そうですよ」

母さんの手に渡ったピンクのタツノオトシゴに比べれば、まだ可愛い方だと思う。あれこそグロテスクな宇宙生物にしか見えない。僕は携帯電話を開いて、マツリカさんにいじられた形跡がないかどうかを確かめた。姉さんからのメールを見られたりしたらそこの窓から飛び降りなくてはならない。そうでないと、マツリカさんは僕のシスコンをからかいつつ、それをネタにまたろくでもないことを色々と命令するような気がした。

「どうでもいいけれど、早く隣の部屋に運びなさい。ここに置いたままだと臭うでしょう」

「すみません……」

既に運んだポリタンク。二つの内の一つを持ち上げて、よたよたと隣の部屋に向かう。

「おまえ、同時に二つ運べないの？　本当に非力で使えない男ね」

背後から投げつけられる言葉は、左右に揺れてふらふらと歩く僕の心に小さく小さく傷を付けていく。

どうせ僕は、非力で、馬鹿で、救いようのない役立たずですよ。

そんなふうに言うなら、僕なんかにやらせなきゃいいじゃん。自分でやればいいじゃん。

もやもやとした気持ちを抱えながら、隣の空き部屋に赤いポリタンクを運んだ。もし力仕事が得意だったら、もっと彼女の役に立てただろうか。マツリカさんを喜ばせたり、感心させたりして、褒めてもらうようなこと、できただろうか？

褒めてもらいたくて、必死でチャリを漕いだのに。

けれど、想像できないなぁ。彼女が僕を褒めてくれるなんてこと。

マツリカさんはこの廃墟ビルに住み着いている魔女みたいな女の子で、学校に通わず、ここから望遠鏡で校舎を観察する変人だ。ちょっと普通とは違っていて、ときどき不気味に感じることがある。

こんなところに住んでいると言い張る不登校の少女。頭、おかしいんじゃない？　最初はそう忌避してしまうこともあったのに、彼女の存在は、今では僕の日常にすっかり溶け込んでいた。

もう一つのポリタンクも運んで、痛む腰に手を当てながら、マツリカさんのいる部屋まで戻る。

マツリカさんは、先ほどと同じように、窓辺の椅子に腰掛けている。後ろから差し込む茜色の光が、彼女の黒髪を柔らかく照らしていた。大きな瞳は今は伏せられていて、長くカールした睫毛が下を向いている。彼女の指先は、ピンクのリップクリームを手にしていた。ルージュを引くように、スティックの先端が唇に当てられ、微かに濡れて光る。唇の端まで遅々と移動するリップクリームの先端を、僕は暫くの間見つめていた。棒状のそれが、彼女の唇の輪郭を舐めるようになぞり、艶やかな光沢を増していく。それが下唇を押すときの、僅かな柔らかい反動。唇の隙間に浅く入り込むときの、それへと意識を集中させているような彼女の表情。マツリカさんはなにも言わなかった。桜色の唇が閉ざされ、その感触を確かめるように艶めかしく動く。

唇を開いた彼女は、物憂げな瞳を僕に向けて首を傾げた。微かに覗く、真珠のように白い歯。

「なにを見ているの？」

僕は気をつけの姿勢をとって、何度もかぶりを振る。

「な、なにも見てません」

マツリカさんは面白そうに眼を細めた。猫のように。あるいは、いたずらを思いついた魔女のように。邪悪で、妖艶。

「おまえ、唇が乾燥していてみすぼらしいし、こういうの、使ったことないのでしょう」

ピンクのスティックを軽く保持した、彼女の右手。それが僕の方へと差し出される。

「使ってみる？」

「えっ……」

使う？　それを？　いま、マツリカさんの唇にふれていたそれを？

「あ、えと」

どう答える？　どう答えるべき？

浅はかな本音はイエスだった。今すぐにはいと答えてそれを受け取りたかった。けれど僕の自尊心が、はたしてそれでいいのかと問いかける。それでいいの？　そんなふうに答えて、マツリカさんに嫌われない？　おまえ、どうしようもない変態ね、とか言われない？　けれど、だって、彼女がそう言っているんだし、いいじゃん。遠慮なんて、することないじゃん？

「は、はい」

僕は頷いて、彼女に近付く。もう冷たくなった風が窓から入ると、マツリカさんの匂いを感じる。ストロベリーの甘く誘うような、蕩ける匂い。

彼女はリップクリームのキャップを開けたまま、その先端を見せびらかすように揺らす。

彼女の唇を受け止めて、微かに摩り減ったピンクの先端部。

「欲しい？」

そう問う彼女は、桜に色付いた唇の端を吊り上げる。

僕は頷く。繰り返し。

けれど、彼女はリップクリームを手にした腕を引いて言った。

「それなら、おまえに一つ新しい仕事をあげる」

「えっ？」

新しい仕事？

胸の奥から湧き上がってくる嫌な予感。

「明日は文化祭ね。毎年、恐怖ゴキブリ男というのが現れるそうだから、それを捕らえてきなさい。これは、その褒美にしてあげる」

彼女はキャップを閉じて、そう仰る。

恐怖ゴキブリ男？　なにそのチープなネーミング・センス。

どうやら、僕はまたわけのわからない怪談の調査をするはめになったらしい。

実在しないものなんて、捕まえられるわけないのに……。

3

まさか自分がメイド喫茶などという未知なる領域に足を踏み入れるとは思いもしなかった。

うちのクラスの出し物は、僕の知らないところで決まっていて、準備もいつの間にか進んでいた。クラスの出し物というよりは、教室の人気者達や活動的な子達が中心になって計画進行していて、僕みたいにまったく友達のいない人間や、ゲームの話でしか盛り上がれない教室の隅っこの住人は置いてけぼりだった。

僕はマツリカさんに命じられて、帰宅部のくせに放課後の校舎をうろつくことがある。たまに自分の教室を覗いたりして、賑やかに進められている準備の様子を垣間見ると、本当に、ここには僕の居場所なんてないんだなと思い知らされた。へたくそなポスターを笑い合う男子。彼らに指示を出す女子の厳しい声。グループで固まって飾り付けを作っている女の子達のお喋り。たった二日間のために全エネルギーが注がれる準備期間は浮かれていて、クラスの結束力を見せつけられる。そこに加われない僕は、こんなの早く過ぎ去ればいいなんて考えて、下を向きながら廊下を通り過ぎる。

メイド喫茶をやろうと言い出したのは意外にも女の子達みたいで、彼女達は厳選した衣装を着るのを楽しみにしているようだった。ああいうのって、オタクの人達だけが喜ぶものだと思い込んでいたけれど、どうも違うらしい。僕はもちろん、文化祭は欠席して家に引きこもっている予定だった。マツリカさんに難題をふっかけられるまでは。

「おまえの教室、喫茶店をやるそうね」と、マツリカさんは双眼鏡を覗き込みながら言った。「ゴキブリ男というのは、毎年、文化祭の夕暮れから夜にかけて現れるそうよ。講堂のある建物の壁に張り付いて移動するらしいの」

「はぁ」と僕はゴキブリのコスチュームを着た怪人の姿を思い浮かべながら話半分に聞いていた。「それって、怪談なんですか？」マツリカさんが興味を示すのは怪談話や幽霊話だけれど、それはどうも違うような気がしてならない。

「ここからでは講堂の壁が見えないから、おまえ、自分の教室からゴキブリ男が現れるのを監視しなさい」マツリカさんは僕の質問を無視してそう仰る。

「え、無理ですよ。僕、手伝いとかしてないですし」

「それなら、客として居座ればいいでしょう。喫茶店なのだし」

そういうわけで、肩身の狭い思いをしながら、文化祭に足を運ぶことになってしまった。マツリカさんは容赦なく十三時からの監視を僕に命じた。えっと、それってその時間からゴキブリ男が現れるっていう夕方（いや、ほんとに出るなんて思えないけれど）まで、ずっとメイド喫茶に居座ってろっていうことなんだろうか……。そんなの、メイド姿の女子高生を眺めていたいただの変態になっちゃうじゃん。僕、そこまでメイド属性持ってないし。教室の女の子達って子供っぽいから、なんか興味湧かないし。そう、マツリカさんのメイド姿だったら話は別だ。背が高くて、大人びていて、落ち着いた雰囲気の彼女。高慢な態度で、クールな表情と長い黒髪には、メイド服がさぞ似合うに違いないと思った。「べつに、おまえのためにしているわけじゃないのだから」なんて言いながらご奉仕をする彼女を妄想してしまう。思わず顔がにやける。

……でも、死んでも拝めそうにない。天地がひっくり返っても無理だ。

携帯電話の時計を見ると十二時二十二分。少し早めに着いてしまったけれど、他に行くところもなく、僕はまっすぐに自分の教室を目指した。渡り廊下で仮面ライダーや孫悟空に扮装した人達とすれ違い、教室前で客寄せをしているメイド服の女子に眼が留まる。確か、橘さん、という名前だった気がする。僕はクラスメイトの名前をほとんど覚えていない。

橘さんは白いカチューシャにエプロンというオーソドックスな衣装を身に着けていた。昨日まで教室だったはずの店内は満員らしく、戸口から室内を覗き込んでいる人達がいる。他校の制服を着た女子のグループだった。もっとオタクっぽい、眼鏡で太ってる近所のお兄さん達の行列を予想していた僕はますます気まずくなった。姦しい他校の女子に混じって独りで並ぶなんて、メイド目当てでやって来たキモくて陰気な男子だと嗤われそうだった。橘さんの視線も痛い。あいつなに手伝わないくせに来てるの。メイド好きなわけ。まー暗いしゲームとかアニメにしか興味なさそうだもんね。二次元オタとか超キモーイ。なんて、絶対そういうふうに陰口をばらまかれそうだった。

僕が暗くて陰気で友達のいない人間であることは間違いないし、知らないうちに勝手に進んでいる文化祭の準備に対して、手伝おうかって自分から声をかけなかったのは事実だった。だから、なおさらに気まずい。けれど橘さんは呼び込みに夢中で僕の存在に気付かなかった。ていうか、僕の顔に気付かない。そうか、そうだよね。僕って影薄いもんね。いてもいなくてもわからない。だから、文化祭は僕を取り残して勝手に進む。昨日までも、今日も。たぶん、明日も。

少し待つと、家族連れのお客さん達が出てきた。女子高生のグループに続いて、教室に案内される。中に入っても、お帰りなさいませご主人様とは言って貰えず、ごく普通にいらっしゃいませだった。そこは女子のプライドが赦さないのか、他のお客さんに対しても接客は普通で、メイド喫茶とは言っても、店員さんがメイド服を着ているだけのものらしい。

教室内にはチープな飾り付け。幼稚園や小学校と同レベルのオリガミで作った飾りが大量生産されていて教室を彩っている。会議用机を並べて作ったらしい大きなテーブルには、少しおしゃれな印象のテーブルクロスが敷かれていた。そこだけが喫茶店らしいポイントだった。

「あれ、柴山君じゃん。なんでいんのー」と、メニューを持ってきた女の子が笑う。名前、思い出せない。他の女子達がマリッペと呼んでいるのはわかるんだけれど。衣装は橘さんと少し違っていて、黒を基調にフリルやリボンでふんだんに飾ったゴシック的なものだ。「ジュース、どれでも二百円だよ。紅茶は手間かかるから、なるべくジュースでお願いね。ぼったくりって言うなー」

マリッペさんに雪崩のように話しかけられ、僕は頭が真っ白になっていた。辛うじて乾いた舌を動かして、おれんじ、と発音する。羞恥に顔が赤くなった。文化祭を手伝わないでメイド服のクラスメイトを眺めに来た暗くてキモい男子。うまく喋れないってところが拍車をかけている。僕は俯いてごめんなさいと念じるだけしかできず、いつの間にかオレンジジュースの入った紙コップがテーブルに置かれていたことにも暫く気がつかなかった。

運がいいのか悪いのか、座ったのは窓際のテーブルだった。ここからなら講堂の建物がよく見える。確かに、その向こうにある廃墟ビルからだと、こちら側の壁は講堂自体が遮蔽物となって確認できないだろう。

携帯電話を取りだし、メールを送信。

『メイド喫茶到着。ゴキブリ男未だ現れず』

返信はすぐ来た。

『確認した』

望遠鏡で見られているらしい。逃げ出したらマツリカさんはきっと怒るだろう。リップクリームを貰えなくなるばかりか、なにをされるかわかったものじゃない。そう、リップクリームなんて、本当はどうでもいい。落ち着いて考えたら、そこまで欲しいものじゃないし？　ていうか、そんなの貰っちゃったら、変態じゃん？　僕は、その、本当は陰気じゃないし、キモくもないし、オタクでもない。みんなが勝手にそう思っているだけで。だから、べつに、そう、リップクリームなんて欲しくないんだ。ただ、マツリカさんの機嫌を損ねないように、大人しく命令を聞いているだけで。ま、まぁ、貰えるんなら、大人しく、貰っておくけれど……。

展示用ボードで区切られたパーティションの向こうで、メイドさん達が慌ただしく行ったり来たりしている。戸口の方を見ると、文化祭の制服であるプリントTシャツを着込んだ男子が、チラシ無くなった！　と駆け込んできて、馬鹿、こっちじゃない、隣だよ。と女子が返す。

途中、ひとりのメイドさんと眼が合った。ゆるくカールした、長くてさらさらの黒髪を翻し、パーティションから出てきたところだった。エプロンドレスのスカート丈は短く詰められていて、白いソックスとの合間に腿（もも）が覗いて見える。絶対領域。彼女はアーモンドみたいに大きい眼を瞬（しばたた）いて、僕に手を振って笑う。心に花が咲くような笑顔。

恋をするかと思った。

え、誰？　後ろを見る。窓があるだけで誰もいない。僕に手を振ったの？　今の子が？　あんなに可愛い子、このクラスにいたか？　いないよな。いたら絶対目立つし、わかるはず。
マシュマロみたいに白い輪郭の頬。袖から覗く華奢な二の腕。アイドルみたい。よそのクラスからの応援？　彼女は戸口から出て廊下にいる女の子二人となにかを話している。

久しぶりに、生身の女の子を見てときめいてしまった。あんなに可愛い子がいると、生きているのが辛くなる。僕にはあまりにも縁遠すぎて、好きになることさえ赦されない。なぜかマツリカさんの顔が脳裏を横切ったけれど、彼女は僕のことなんてただの下僕としてしか見てないだろうし……。

二百円のオレンジジュース一杯で三時間以上ここで粘るのは絶対無理だろうなぁ、どうしよう。ずっと窓の向こうを見ているのにも飽きてしまい、視線は自然と先ほどの女の子を捜し求めていた。もう一度、彼女の笑顔を見たいと思ってしまった。あと太腿。さっきはよく見られなかったし。

彼女はまだ廊下で立ち話をしていた。なにか深刻な表情を浮かべている。と、教室に顔を向けた。ピンクの艶っぽい唇がなにか囁く。眼が合った。手招き、している。え、誰を呼んでるの？　僕は後ろを見る。やっぱり誰もいない。恐る恐る、僕は自分を指さした。女の子はうんうん頷く。手招き。

なんだろう。えっと、クラスの男子はさっさと手伝え？　それとも、ジュースを飲んだらさっさと出て行け？

僕はぎこちない足取りで廊下に近付く。

「ねーねー、柴山さぁ」と彼女は言った。前髪から覗く眉が困ったように歪んでいる。

「暇だよね？　よかったら、手伝って貰えない？」

胸の中を冷たいなにかが横切っていく。それは予感だった。

「えと、暇、だけど……」

僕はもぞもぞと答えながら、女の子の顔を観察した。長い睫毛の下、アーモンドの大きな瞳に、見つめ返される。

「あ、じゃ、頼みがあるんだ。ちょっとハプニングっていうか」

ピンクのグロスで艶っぽく光る唇が、そう囁く。ぱっと見でメイクとわかるのはそれくらいのものだった。僕は、彼女の言葉を遮って聞く。

「あの、もしかしてですが」

「うん？」

首を傾げると、黒髪がエプロンの肩フリルから落ちていく。

確証が得られず、精一杯の勇気を絞り出す。

「もしかして……。こ……。小西、さん？」

彼女はアーモンドの瞳を何度か瞬かせ、それから笑った。手を叩いて、ひとしきり大笑いして、隣に立っていた女の子の肩を掴む。

「うわー。すげー、やっぱそうかー！」

肩を掴まれたポニーテールの女の子は微笑んで答える。「ほら、言ったでしょ」もう一人、お団子ヘアの女子も笑う。「でしょでしょ！」

「あの……。ち、違うよね、ご、ごめん」

僕は耳を赤くして頭を下げる。

「違くないってばー！」と、彼女はまだ笑いの混じる声で言う。「てか、ホントに気付かないのかよ。声でわかれよ！」

「え」僕は慌てて顔を上げた。「ホント、小西さん？」

彼女は涙を滲ませるくらいに笑っている。片手で顔を覆いながらうんうん頷いた。

「あ、ナホ、化粧崩れるよ」ポニーの子が心配そうに顔を覗き込む。

「あ、そっか、やっべ」と、彼女は顔から手を離して、本当に滲んできた涙を指先で丁寧にぬぐい取る。「でも、マジうけるー。柴山、マジでわかってないんだもん」

「えと……。髪、長い」

「あ、これ？ウィッグだよウィッグ。マリッペのお姉さんに貸してもらった」小西さんははしゃぐようにくるりとその場で一回転した。「本物と見分けつかねーよな。

似合う？」

　僕は返事ができない。代わりに、違うことを聞いた。

「えと、眼鏡は？」

「ああ、コンタクトコンタクト。赤眼鏡のメイドとか流石にないかなーと思って。せっかくだし作っちゃった」

　僕の知っている小西さんは、短い髪のボーイッシュな出で立ちで、いつも睨むように鋭い双眸をしているカメラオタクだった。眼鏡をかけるようになってから目つきが柔らかくなったので、もしや単純に視力の問題で眼に力を入れていただけなのかと思っていたのだけれど……。

「それよりさ、柴山」と、メイド姿の小西さんはポケットから携帯電話を取りだして、画面を一瞥した。「D組が大変なの。アリスの衣装がなくなっちゃったんだって」

　意味がわからない。今日はわけのわからないこと続きだった。僕はまだ、目の前にいるとびきり可愛い女子が小西さんだということに納得できない。

「あの、アリスの衣装って……？」

　説明を求めると、小西さんは隣のポニー女子とお団子ヘア女子に視線を向けた。ポニーさんは頷き返し、僕に説明してくれる。

「うちのクラス、演劇やるんだけど。アリスのパロディなの」そう言う彼女の名前を僕は知らなかった。見覚えもない。隣のクラスの子なら当然だろう。「主役の、アリスの衣装がどっか行っちゃって……」彼女は振り返って、奥の教室を見る。「ほら、うちら、控え室同じでしょ？　着替えもそこでするじゃん。だから、もしかしたらどっかで衣装混ざっちゃったのかなぁって思ったんだけど、そんなわけないよね」

「流石に、アリスの衣装とは間違えないよ」と小西さんが言う。「青いワンピでしょ？　エプロンは確かに同じだけど、色がぜんぜん違うじゃん」

「だよね……」

「でも、一応、マリッペが確認してるから。最悪の場合は、あたしが着てるの貸せばいいんでしょ？」

「うん。流石に、衣装なしっていうのはちょっとね。うちら、あんまし気合い入ってなくて、アリス以外の衣装は適当なんだよね。だから、目立たなくなっちゃうっていうか」

　そのやりとりを耳にしながら、話を整理する。隣のD組の出し物は演劇で、不思議の国のアリスのパロディ。僕らのC組は、どうやらD組の教室を借りて、そこで一緒に着替えなどをしているらしい。それで、アリスの衣装がなくなってしまった、ということ？

「演劇は、何時から？」と僕は聞く。

「一時」とばつの悪そうな顔でポニーさんが言う。

「え、あと二十分くらいしかないんじゃ」

ポケットから携帯を取りだし時間を確認する。十二時三十三分だった。

「D組の教室は、捜したの？」

「もちろん。みんなで捜したよ」

「じゃ……」それでも見つからないとなると。「盗られた、ってこと？」

アリスの衣装が、盗まれた？

「まだわかんないけどね」彼女は首を傾げて言う。「手当たり次第、ユーコが捜してる。あ、アリス役の子ね。ちょっと責任感じてるみたい。自分が眼を離した隙になくなっちゃったからって。あの服も、もともとユーコが奮発して買ったんだよね」

「でもでも」とお団子ヘアさんが声を上げる。「やっぱ、盗られたってのはヘンだよ。だってあたし、ずっとパーティションの側で作業してたし。誰か通ったら絶対わかるもん。最後にあそこを使ったのはナホだし、マキが衣装を捜しに来るまで、誰も通らなかったもん」

「うん、そうだけど、サチが眼を離した隙にってことも、ありえるでしょ？」

ポニーさんは、興奮してまくし立てるお団子ヘアさんをそう窘める。僕はようやくお団子さんの名前がサチとわかって少し安心した。マキというのは、ポニーさんの名前だろうか。喋って（しゃべ）いる相手の名前がわからないというのは、どうにも落ち着かない。

「とにかくさ、柴山、アリスの衣装、捜そう」小西さんが携帯電話を掲げて言う。

「あと二十五分しかない。D組のみんなは直前リハで手が離せないし、ウチのクラスも手一杯。あたしはカナエに休憩の許可貰ってるから。二人で捜せばなんとかなるかもしれないじゃん」

「なんとかって、どうするの？」

「盗まれたんじゃ捜す当てはないけれど……。それらしいもの調達するくらいはできるかもよ。あたしは被服研究会行ってくる。ファッションショーやってるんだって。柴山は、お化け屋敷行ってきて。洋モノらしいから、血まみれのアリスとかいるかもしれないじゃん」

血まみれじゃ衣装として使えないのではと思ったけれど、小西さんはやる気らしかった。

「外でコスプレして歩いている人達もいるし、もしアリスがいたら声かけてさ、使わせて貰おうよ」

「でも、ナホ、悪いよやっぱり。二人だって忙しいんでしょ？」

ポニーさんの言葉に、長い髪を揺らしてきっぱりと小西さんが言う。

「あたしはともかく、柴山は暇だから大丈夫」

勝手に暇だと決めつけられてしまった。けれど言い返せない。

「それにさ」と小西さんは照れくさそうに笑った。アーモンドの瞳が瞬いて、胸の奥がじんわりと温まるような眩しい笑顔だった。「あたし、ユーコの努力知ってるから。それ、無駄にしたくない」

できることがあるなら、とことんやろうよ。

目の前にいる小西さんは、僕が普段知っている彼女とはぜんぜん違う。けれど、誰かのために悲しんだり、憤ったりする心はそのままで。

それこそが、小西さんらしい、ってところなのかもしれない。

4

「ユキは文化祭、なんにもしないの？」

姉さんは僕のことをそうやって呼ぶ。本人はちゃんと祐希と呼んでいるつもりらしかったけれど、どんなに耳をすましても、まるで女の子の名前みたいな発音に聞こえる。何回か文句を言ったけれど、「ちょっと親しみを込めて呼んでるだけで、悪気はまったくないよ」なんて笑顔で返されてしまった。

文化祭直前になってもすぐ帰宅し、家でだらしなく漫画を読んで過ごす。そんな僕を見て姉さんは、「またごろごろして。もったいないよ。ユキもなんかやったらいいのに」と言う。一年に一度のイベント。部活をしていなくても、汗を流して楽しい思い出を作ることができる特別な時間。そういうの、あとで後悔してもなくなっちゃうんだからね。姉さんの声は柔らかく、窘めるような口調でもあまり強くは響いてこない。

中学生のときも、僕は文化祭にほとんど参加しなかった。二年生のときはクラス参加自体がなかったし、部活もやっていなかった。みんなで協力して一つのことをやり遂げるというのは、無能な人間にとっては息苦しい時間でしかない。中一のとき、クラス参加でお化け屋敷をやった。ドラマや漫画で描かれるほどの甘酸っぱい思い出はなにもない。それどころか、まるきり正反対だった。

僕はなんにもできない。楽しい話ができるわけじゃないから、その場の空気を凍らせて、雰囲気を悪くさせてしまうだけ。手先が器用なわけじゃないから、ものを作らせても失敗して作業が二度手間になってしまう。体力があるわけじゃないから、力仕事では女子に笑われるだけで終わってしまう。なにをやらせても、とろくて、ぐずで。役立たずな自分を思い知らされるたび、羞恥に耳まで赤くなる。俯いて顔を上げられなくなる。自然と肩は小さくなり、その場に居づらくなって、みんなの視線を受け止められない。

楽しめるみんなが羨ましい。

姉さんは、みんなと一緒にいるのって楽しいの？

ひとりぼっちで気まずい思いをして、だからあの騒々しい輪の中には加わりたくないって、そう思うことってないの？

そのときは、僕はなにも聞かずに、いいじゃん、べつに、ああいうの、お祭りごとが好きな連中がやってればいいんだよ、なんて口答えをしていたと思う。

「お化け屋敷は二のBだよ。もし使えそうな衣装があったら電話して」

今年の文化祭も、一切関わる予定なんてなかったはずなのに。

いつの間にか僕は、なし崩し的にアリスの衣装を捜し、廊下を走っていた。小西さんと赤外線通信でメアドと電話番号を交換。姉さんとマツリカさんを除けば、初めて登録された女の子のアドレスだった。ついでに牧田さんの連絡先も教えて貰った。一度に女子のアドレスを二つなんて、僕の人生とは思えない激変ぶりだった。牧田さんというのは、先ほどのD組の女の子だ。なるほど、牧田だからマキなのか。

タイムリミットまでは二十五分。

一段一段にまで呼び込みの紙が貼られている階段を、二段飛ばしで駆け上がる。青や緑、黄色といったカラーペーパーで彩られたカラフルな通路。壁にも隙間なく、たくさんの部や教室が自分達の情熱を精一杯にアピールしている。いらっしゃいませ。

遊びに来てね。大サービスしちゃうよ。発表します。先着順！　部誌二百円です。いもふかしてます！　楽しげな言葉の数々。それらが躍る廊下を駆け抜ける。

あまり時間はなかった。ただの紛失なら、ひょっこりと衣装が見つかるということもあるのだろうけれど、盗まれたのだとしたらいつまで経っても衣装は見つからないだろう。でも、盗むなんて、なんで？　アリスの衣装なんて盗んで、なんの得があるわけ？　衣装がなくなれば、公演が危ぶまれるけれど、一のDの演劇を邪魔したい人間でもいるんだろうか？　あるいは、アリス役のユーコって子がすごく可愛いとか？　例えば、偶然、たまたま、本当に、すごく可愛い女の子が着ていた衣服が目の前にあるとする。ほんと、たまたま！　悪気はまったくないんだけど、もしそんな状況に出くわしてしまったら……。そっちの方が、動機としてはわかりやすい気はする。僕は何故か、マツリカさんの自室のベッドで、彼女の衣服が脱ぎ捨てられているところを妄想していた。清潔感のある白いブラウス。主を失って力なく肘が折れたそれと、円を描くように寝台の上に落ちたスカート。ほんの一瞬前まで身に着けていたことを証明する、香り立つような温かさ。その傍らに、純白の、レースの……。レースの……。いや、でも、流石に盗むっていうのはどうだろう？　自分だったら、に、匂いとか、手触りとか、そういうのを、確かめさせて頂くくらいで……。そんな、盗むなんて恐れ多い。でも、世の中には小学生の時点で好きな女子のリコーダーを味わってしまう変態もいるようだから、僕の推理はあながち間違ってはいないかもしれない。そう、盗んだり味わったりなんて、変態のすることだ。僕だったらそこまではしない。第一、盗んだらバレちゃうじゃん。相手の子に気味悪がられたり嫌われたりするようなことをしたって意味がないのに。

牧田さんから貰ったパンフレットに眼を通す。二のBのお化け屋敷があるフロアはここだった。早くも息切れしている自分が情けなく、足取りはかえってゆっくりとしたものに戻っていた。

廊下の奥に眼を向ける。行き交うロゴ入りの文化祭Tシャツ。他校の制服。ご近所のお子さん達。僕の歩く速度は、体力的な問題とは別の要因でとても遅くなっていた。心臓も、もう充分呼吸を整えたはずなのに、また脈打つスピードを速めている。

緊張に、ネクタイを緩めた。

なんて話せばいいんだろう？　アリスの衣装、ありますかって？　いきなりそんなことを聞かれて、二のBの人はどう思うだろう。なんだこいつ、頭おかしいんじゃないのって、怪訝(けげん)そうに見られるに違いない。知らない人に話しかけるのは苦手だった。知っている相手ですら苦手なんだからしょうがない。カエルみたいに醜く潰(つぶ)れた自分の声も嫌いだった。相手だって、きっと迷惑する。

お化け屋敷には行列ができていた。子供連れの親御さんの姿が多い。どうしよう、ここに並ぶべき？　教室からは女の子の悲鳴が絶え間なく聞こえてくる。意外と怖いみたいだ。教室の入り口はゴシック調の石壁をイメージしたパネルで彩られていた。血にまみれた文字で『沈黙の祭壇』と銘打たれていたけれど、どちらかというと絶叫の祭壇だった。今もまた、男子の慌てたような悲鳴が聞こえてくる。

入り口には机と椅子が一組あって、そこが受付だった。魔女の衣装を着ている女子がいて、並んでいるお客さんを一組ずつ中へ誘導している。首回りが露出している衣装はセクシーだったけれど、魔女子さん自身がどこかあどけない表情をしていて、妖艶さよりは可愛らしさの方が際立つ。マツリカさんが着たら似合いそうだった。あの人、そもそも存在が魔女っぽいし。

どうしよう。なんて話しかけよう。それとも、やっぱり止めようか？　どうせアリスの衣装なんてないだろうし、僕が尋ねたところで意味なんてないと思う。きっと小西さんが被服研究会で見つけてくるだろうし……。忙しそうだったから聞けなかったとか、言い訳はいくらでもできる気がした。

でも、それでいい？

引き返すのは簡単なはずだった。大事なことから眼を背けて、踵を返すのには慣れているはずだった。

それなのに。

前へ進むのも、後ろへ引き返すのも、難しく思えるなんて。

メールが来た。小西さんだった。

『空振り。使えそうなのはない。そっちはどう？』

携帯電話を握りしめ、僕は息を吸う。時計が示すタイムリミットは、あと二十分。

魔女さんに近付いて、声を掛けた。

「あの、すみません」

彼女は顔を上げて僕を見る。

「なに？」

「えっと……。変な質問なんですが」僕の言葉は何度もつっかえた。掠れていてすごく聞き取りづらいのが自分でもわかる。耳が赤くなるような気がした。「アリスの衣装って、ありますか」

怪訝そうな顔をする彼女を遮るみたいに、僕は必死に事情を説明する。一年生が大変なんです。演劇をやるんですけど。衣装がなくなっちゃって。盗られたかもしれなくって。どこにあるかわからなくて。もう時間がなくて。だから、もし似たような衣装があったら貸してもらえないかって。

自分でも、もどかしくなるくらいにたどたどしい説明。

けれど、二年生のその人は、真剣な表情で僕の話に耳を傾けてくれる。

「アリスかぁ……」彼女はそう言って、首を傾げた。「残念だけど、そういう衣装は使ってないなぁ」

「そうですか。すみません、お邪魔しちゃって」

胸の中、息苦しさが這いずり回る。もやもやとした気持ち。精一杯、吐き出したけれど、空振り。

「あ、もしかして君」その場を去ろうとしたところで、魔女衣装の先輩に呼び止められる。「夏に、肝試し来てくれた子だよね。ナホちゃんと一緒だったでしょ」

「え？」

振り返る。小西さんと一緒に、学校近くの小さな山で肝試しをしたことを思い出した。

「ほら、最初の着物のお化け」と魔女さんは自分を指さしてにこやかに笑う。「憶えてない？」

「あ……」

笑うと可愛い幽霊さん。

「えっと、一のDだっけ。あたしも探してみる。ボツになった衣装もあるはずだし、誰か持ってきてるかも。もし見つかったら届けるね」

魔女さんはそう言って笑ってくれた。僕は、ありがとうございます、とぼそぼそとした声で言って、踵を返す。

衣装は見つからない。

けれど、まだやれることはあるかもしれない。

うまく喋れなくても、伝えたいこと、丁寧に話せば、通じる。

心臓はまだ強く脈打っているけれど、次は、知らない人に話しかけることになっても、きっと大丈夫なような気がした。

5

小西さんとメールでやりとりをしながら、廊下を走る。演劇部を訪ねたけれどそこは空振りだった。パンフで教室の出し物をざっと眺めても、衣装を使っていそうなところはない。外の模擬店にコスプレをしている人達がたくさんいたような記憶があったので、とりあえず外へ向かうとする。

またメール。開くと、それは小西さんからのものではなかった。

『おまえ、どこでなにをしている？』

文章だといつにも増してきつい印象の言葉だった。事情を説明するのはもどかしい。僕はメールを打つのに慣れていないから、返信をすると何分もかかってしまうような気がした。

『あとで話します』とだけ書いて送信して、模擬店が立ち並んでいる校庭に出る。文化祭の期間中は靴のままでも校舎を歩けるので、上履きから履き替える手間がなくてすんだ。携帯で時間を確認する。まだ少し余裕はある。またメールを受信。マツリカさんだった。

『いいから、観測地点へ戻りなさい』

　こっちはそれどころじゃないんです。わけのわからないゴキブリ男を見張っている余裕はなくなってしまった。それをきちんと説明したくても、僕はマツリカさんの電話番号を知らない。

　外の空気は暖かく、陽差しは眩しいくらいに強かった。快晴の下で、活き活きとしたみんなの呼び込みの声が耳に届く。放送委員が迷子のお知らせをアナウンスしていた。

　あるいは、マツリカさんに事情を話したら、解決するだろうか？

　彼女は学校を望遠鏡で観察している変人だけれど、その聡明な頭脳で、不可解なできごとに対して納得のいく仮説を立てることができる。彼女が奇妙な怪談に興味を抱くのは、そうした知的探求心の強さが根本にあるのかもしれない。

　今回の、アリスの衣装の紛失事件だって、奇妙といえば奇妙な気がする。変態の犯行？　Ｄ組の演劇を妨害したい人間がいる？　マツリカさんなら、どんな仮説を立てて、そこに隠された物語を説明してくれるだろう。

衣装が紛失したときの状況は、牧田さんとお団子のサチさんが大まかに説明してくれていた。時間がなかったので、詳しいところまでは聞いていないけれど。

Ｄ組は、衣装や小道具を作るのにそれほど熱心ではなかったらしく、作業は大きく遅れていたらしい。「本当はウチもお化け屋敷やりたかったんだけど、クジで外れちゃって」とサチさんは言っていた。

同じような出し物が重なると、文化祭実行委員会が調整に入るらしい。講堂ステージの出し物が空いていたので、演劇をやるハメになってしまったのだという。無理やりということもあって、最初はみんな、それほど乗り気ではなかった。それでも文化祭が近付くと、準備期間を楽しめるようになってきて、そのことが嬉しかったと牧田さんは言っていた。昨夜も、先生の許可を貰って何人か泊まり込みで作業をしていたらしい。

小道具と衣装を間に合わせる作業班と、台詞合わせをする演劇班。アリスの衣装は、早朝の段階でユーコさんが着てＤ組の教室で通し稽古をしていたらしい。着替えは、展示用ボードと暗幕で区切ったパーティションが用意されていて、Ｃ組の女子もそこでメイド服に着替えているのだという。

十一時ごろ、ユーコさんは衣装を着たままでは食事のときに汚してしまうということで、いったん制服に着替えたらしい。それで、衣装がなくなってしまったことに気付いたのが十二時ごろ。衣装はパーティションの中に置いたままだったらしい。

話を聞くだけなら、その着替えスペースに第三者が侵入するのは難しそうだった。衣装を持ち出すにしても、紙袋かなにかに入れて持ち運ばないと、教室で作業をしているD組の子に気付かれてしまうだろう。そして、女子が着替えをするエリアに男子が入ることもできないはずだ。実際、お団子のサチさんは、小西さんが着替えたのを最後に、誰もそのパーティション内に入っていないと言っている。

サチさんの目撃証言が確かなら、アリスの衣装を持ち出すのは不可能だ。これって、ミステリで言うところの、ちょっとした密室じゃないのか？　小西さんが着替えをしたのが何時なのか、詳しくはわからないけれど、ユーコさんのあとで着替えたのなら、十一時から十二時の間には違いない。

少し躊躇いはあったけれど、牧田さんのアドレスにメールを送信する。

『十一時から十二時の間に、パーティションエリアに出入りした人は他に誰なのか、聞いてみて下さい』

たこ焼きのソースの匂いが立ちこめるエリアを、人混みをかいくぐりながら歩く。周囲を見渡しても、メイド服やチャイナドレス、仮面ライダーや大仏マスクなんかは見かけても、アリスの衣装を着ている子は見当たらない。男子がミニスカメイド服を着ているのを見てしまい、眼にダメージを受けた。マツリカさんの太腿(ふともも)が恋しい。

　メールを受信。二件あった。

『サチは誰も通ってないって言ってるけど、見逃してるんだと思う。もうメイド服で間に合わせようと思うから、柴山君も無理しないで戻ってきていいよ』

　牧田さんからのメールにはそう書いてあった。確かに、お団子サチさんの証言が事実だとすると、衣装を盗んだ犯人は、最後に着替えた小西さんになってしまう。けれど、小西さんがそんなことをするはずはないし……。

　もう一件のメールは、マツリカさんからだった。肝が冷える。

『おまえ、どこにいる』

　文面から恐ろしさが滲(にじ)み出てくるかのようだった。いいかげん、そろそろ返信しないと。慌ててキーを叩(たた)いて文章を作る。指が思うように動かなくてじれったい。

　邪魔にならないように屋台の脇へ移動しながら、文章を打つ。通り過ぎる人々の言葉が耳に入った。さっきのアリス、マジ可愛かったねー。なんかやるのかな。これじゃん、ほら、演劇やるみたい。あ、そっかー。

　顔を上げる。メールを打つのを中断して、慌てて周囲を見渡した。すぐ近く、通り過ぎていった他校の女子高生三人組。どうしよう。辺りを見渡しても、彼女達が見たというアリスの姿はない。時計を見る。あと十五分しかない。

仕方なく、三人組の前方に回り込んだ。

「あ、あの」

呼び止めて、僕は女の子達に眼を合わせられないまま、まくし立てる。

「そのアリスって、どこにいましたか」

三人組の女子高生は、え、なにコイツ突然、ていうかナンパ？という感じに互いに顔を見合わせたあと、「あっちの方だけど」と校庭の奥を指し示す。体育館やクラブハウスがある方だろうか。

「ありがとうございました」

くすくす笑う彼女達から、慌てて逃げるようにして、アリスを捜す。

なんでこんなに屈辱的な思いをしなくちゃいけないんだろう。マツリカさんだって、たぶん凄く怒っているはずなのに。そもそも、僕はD組とはなんの縁もないじゃないか。彼女達のために、こんなふうに走り回る道理はないはずなのだけれど……。

どうして、僕、走ってるんだ？

思ったよりも時間が過ぎていくのが早い。人混みを掻き分けながら、校庭を走り抜ける。運動に縁のない身体は、すぐに息切れを起こして水分を欲した。全身をじんわりと汗が這う。その不快感に気がつくと、心臓の鼓動が怖いくらいに速くなっていく。

胸に手を当てて、立ち止まった。そういえば、緊張していたせいでお昼はほとんど食べていない。喉が渇いて、空腹に身体の力が抜けそうになる。微かな吐き気。たまらず、近くの自販機で百十円の清涼飲料水を買ってごくごくと喉に流し込んだ。学校の自販機は、普通のより十円ほど安く買える。

ボトルはすぐに空になった。ゴミ箱に放って時計を確認すると、残り十二分。少し呼吸は落ち着いた。文化祭でぶっ倒れるなんて恥ずかしい真似はできない。ハンカチで汗を拭いながら、注意深く周囲を見回す。アリスは特徴的なブルーの衣装のはず。見逃しにくい色なのは助かる。けれど、それらしいコスチュームの女の子は見かけない。ひとり、メイド服の女の子が桜の木の陰に立っていて……。あれ、あの絶対領域には見覚えがあった。

「小西さん？」

彼女は木陰に身を寄せるようにして、顔を伏せていた。僕の呼びかけに顔を上げると、その目元が赤く腫れていることに気付く。動揺が駆け巡った。どうしよう。泣いてる？　なんで？

「えと……。その」

どうしたの、という言葉を口にしようとした瞬間、小西さんは片手を振って僕を遮った。彼女は笑っていた。

「違う違う。コンタクト」

「え、あ、ああ……」その言葉に、少し胸の奥が軽くなる。「え、でも、落としちゃったの？　見つかった？」

「大丈夫。ずれただけだから。でも、痛かったから両方とっちゃったところ」彼女はカプセルみたいなコンタクトのケースを掲げて言う。「さっき人とぶつかっちゃってさ」

「そっか……。それなら、いいんだけど」

「なに、泣いてると思った？」

「いや、えっと、まぁ、うん」

「大丈夫だって。でも、ちょっと悔しいな。アリス見つけられなくって。もしかしたら泣くかも」

彼女はまだ痛そうに眼を細めたり閉じたりを繰り返している。

「ユーコってね」と、小さな声で小西さんが呟く。「ちょっと、クラスで浮いているっていうか……。周囲の期待とか、ぜんぶ背負い込んじゃうところがあって。冗談、真に受けちゃうとか、面倒ごと、全部引き受けちゃうっていうかさ……。うん、クラスに馴染んでなかったみたいなんだよね」

「えと……。友達？」

「中学同じなんだ」瞼を擦りながら小西さんは頷く。「やっと、晴れ舞台だっていうのにさ。こういう、嫌がらせみたいなことされて……。それが、なんかむかつく。衣装がなくなったのも、ユーコのせいにするやつら、絶対出てきそうだし」

　小西さんはポケットにコンタクトのケースを仕舞い込んで言う。

「ユーコも捜してるんだし、あたしが泣き言言ってもしゃーないよね。もう少し時間あるし、捜そう」

「あ、それなんだけど」僕は慌てて周囲に視線を巡らせる。「こっちの方で、アリスの服を着た人を見たって」

「え、マジ？」

　睨むような眼で、小西さん。

「うん。今のところ、すれ違ってないんだけど、小西さんは見なかった？」

「わかんない。あたし、ここでコンタクト取ってたし……。でもそんな長い時間じゃないから、たぶん、いるんだとしたら向こうじゃない？」

　小西さんが指し示したのは、さっきの女子高生グループが示したのと同じ方向。体育館とクラブハウス。

「どっちだろう」

「クラブハウスって、なにもやってないから人いないと思うけど」と小西さんが言う。

「けど、ほんとにアリスのコスプレしてる人がいるなんて、この学校マジウケるなー」

　確かに、奇妙な偶然だけどありがたい。

「盗まれた衣装だったりしてね」

「なにそれ、なんの意味があんの」

　僕の冗談に小西さんが笑う。

　二人して、駆け足で模擬店の並ぶ道を走る。意外と家族連れの人達が多くて、人通りも多い。思うように進めずに時間がかかった。

「あ、柴山！」

　クラブハウス。一階建ての小さな建物は、幾つかの部が部室として使っている古い建物らしい。

　樹木が立ち並んで庭が広がる静かな景色。僕らの進む道の先、丘のように盛り上がった場所にあるクラブハウス。そこに、アリスがいた。青いエプロンドレス。間違いない。

「すみません、そこのアリスの服のひと！」

　吹奏楽部の演奏会でも終わったのか、体育館から出てくる集団が滝のように押し寄せてきて、僕らの行く手を阻む。小西さんは待ってーと声を上げた。クラブハウスが少し高い位置にあるおかげで、振り返るアリスの顔が見えた。なかなかキュートで可愛らしい。眼が合ったような気がした。けれど彼女は、どうしてかぎょっとしたような表情を浮かべて、身を翻す。クラブハウスの中に入っていった。

「なんで逃げるんだよー」

小西さんは道行く人達にぶつかり、割り込みながら強引に進んでいく。僕も慌てて彼女を追いかけた。いつの間にか小西さんは携帯電話を手にしていた。「ああーもううるさいなー、なに」と、電話に出る。

「え、あ、そっか、わかった。ごめん、えっと、行く」

人の流れを出たところで立ち止まり、小西さんは僕を見た。

「ごめん、柴山、あたし、この服、講堂まで届けなきゃ」

「え、もう時間？」

「あと十分あるけど……。マキが早くしろって。ユーコ達、もう講堂に移動してるみたいだから」小西さんは名残惜しそうにクラブハウスの方に視線を向ける。「えーと、もし、服貸してくれるってなったら、あのアリスのひと、講堂まで呼んで、お願い！」

「え、あ、小西さんっ」

メイド服の彼女は短いスカートの裾（すそ）を靡（なび）かせ、絶対領域の太腿（ふともも）をちらちらと覗（のぞ）かせながら去って行く。

残り時間は八分。アリスの人を捕まえて、講堂に案内するのは、できなくもないだろうけれど……。

もしかして、さっきのアリス、なんで逃げたんだ？

さっきの子が着ていたのは、盗んだ衣装だったりして……。

クラブハウスへ向かいながら、僕は携帯電話を取りだし、牧田さんをコールした。緊張に、指先が冷たくなる。よくよく考えると、女の子に電話するなんて生まれて初めてだった。

『はい、牧田』

「あ、え、っと、柴山です。C組の」

『あ、お疲れ様。そっちどう？　もうそろそろ時間だから引き上げていいよ』

「えーっと、アリスを見つけました」

『え？』

「アリスの衣装だけど……。もしかして、スカートのところ、フリルがわりとたくさんついてて、クラシカルなやつ？」

『え、あ、うん。そうだけど……』

「黒いカチューシャで、胸元にも黒いリボン？」

『そうだよ、え、ちょっと待ってよ……』

「靴も、黒いヒールで……」

『え、なに、どこにいるの？』焦ったような牧田さんの声。

「クラブハウス」十数段しかないだろう石段を上り、クラブハウスへ向かう。「そこに、アリスの衣装を着た人が入っていって……。逃げちゃったんで、もしかしたら、盗んだ服を着ているのかなって」

『ちょっ、ちょっと待って。えーと、柴山君、待機、待機』牧田さんは混乱しているようだった。『だって、盗んだ服着るなんて、ありえなくない？』

「まぁ、確かに、意味がわからない行動だとは思うけれど……」

待機と言われて自然と足が止まってしまう。

『とにかく、待って。まだ、盗まれた衣装だって確定したわけじゃないし、えっと、あたしが行く。こっから近いよね。三分もかからないし』

「え、いや、僕が」

『だって、いきなり男の子に、すみませんあなたの服貸して下さい、とか言われても困るだけじゃん』

それはそうだった。

『だから待ってて、待機ね』

通話が途切れる。

そうは言われても……。文化祭の人混みの中、牧田さんが素早く三分で駆けつけてくれるとは思えない。事情を説明したり、着替えたりする時間を考慮すると、もうほとんど猶予はないはずだった。その間に、アリスの人に逃げられてしまっては困る。せめて、引き留めることくらいはしておかないと。

小さな丘へ続く階段を上る。

ポケットで、携帯電話が震え続けていることに気がついた。着信だった。見ると、知らない電話番号だった。恐る恐る、電話に出る。

「はい、もしもし……」

『おまえ、なにをしているの』

マツリカさんだった。僕の番号、どうして知っているんだろう？　まぁ、彼女には、僕の携帯電話を覗き見るチャンスがいくらでもありそうだった。

「えっと、それが……。その」

『どうして、わたしの言うことが聞けないの。今すぐに、教室に戻りなさい』

僕は石段の途中で立ち止まる。

「それが、その、ちょっと困ったことになってて……。えっと、隣のクラスがピンチっていうか。それで、なんか、手伝っているっていうか……」

『ふぅん』静かな声だった。微かに怒りと苛立ち（いらだ）を含んだような気配が、その静けさの向こうから伝わってくるような気がした。『どうしても、わたしの命令が聞けないの？』

「いや、そうではなく、その、時間制限もあって、あと十分もないっていうか……。急がなきゃいけないんですよ」

『そう。おまえ、いつからわたしに刃向かうようになったの』

「べ、べつに、刃向かってるわけじゃ……」

『すぐに戻りなさい。命令よ。ゴキブリ男の観測を再開しなさい』

「えっと……。えっと……」

携帯電話を握りしめ、クラブハウスの建物を見遣る。

姉さん、どうしましょう。

マツリカさんに刃向かっているわけじゃないのは本当だった。むしろ、彼女が望むことなら、どんなに無茶な命令でも応えたかった。彼女が僕に命令をしてくれて、それで、少しでも自分が彼女の役に立つならそれで良かった。嬉しかった。

彼女が命令を下してくれる。それは、僕が彼女の側にいてもいい理由のような気がした。誰の側にもいられない。誰とも一緒にいられない僕の、唯一の居場所。唯一の、そこにいてもいいって、安心できる理由。

だから、それを失いたくない。

それを、壊したくない。

けれど……。

小西さん、悔しそうだった。

僕はC組どころか、D組にも居場所なんてなくて。だから、役に立つ機会なんて滅多になくて。

うまく言えない。答えられない。

ただ、メイド喫茶を盛り上げるために頑張っていたみんなの姿が脳裏を過ぎる。たぶん、それと同じくらい、D組のみんなも一生懸命だったんだろうなって。この二日間のために、精一杯、楽しんで、みんなで、一つのものを作り上げていったんだなって。

「マツリカさん」

僕は手にした携帯電話の硬質な感触を指に食い込ませながら、息を吐く。石段を上り、クラブハウスの前に辿り着いた。

「ごめんなさい。でも、時間がないんです。一時になったら、いくらでも、なんだってやります。ゴキブリ男の観測も、ちゃんと続けます。どんな命令だって聞きます」

自分が口にするのは下手に出る言葉ばっかりで、それがなんだか情けなく、少しばかり本音が溢れてきた。「ていうか、口答えしますけど、どうせゴキブリ男って現れるとしても夕方でしょ？　こっちは一時までにやらなきゃいけなくて、一時からは自由なんです。マツリカさん、ゴキブリ男の観測って、そんなに大事ですか？　一時前から必ず続けなきゃいけないことなんですか？」

　そもそも、マツリカさんが指示をしたのは一時からの監視だ。それなのに、彼女はどうしてそんなふうに怒っているのだろう。僕にはさっぱり理解できない。辻褄が合わないし、理不尽な気がする。わけがわからなかった。

　苛立ちをぶちまけるように、僕は握りしめた携帯電話に言葉を吐く。それでいて、返ってくるはずのマツリカさんの言葉に怯えてもいた。命令を聞かないおまえなんか必要ない。そんなふうに捨てられてしまうことを怖れていた。静かな時間。マツリカさんは、暫くなにも言わなかった。このまま、通話が切れてしまうような気がした。そして彼女は僕の前から姿を消してしまうんじゃないかって、刃向かう言葉とは裏腹に、失うものを予測して怯えていた。

『おまえ、どこにいるの』

「え、クラブハウスの前ですけど」

　数秒、また沈黙の時間があった。微かなノイズ。もう一度、彼女の声。

『跪きなさい』

「え……？」

『跪いて、赦しを請うならば、今回は大目に見てあげましょう』

僕は携帯電話を手にしたまま、唖然としていた。遠く、彼方にある廃墟ビルの影を見つける。僕のことを、見ているのだろう。

『どうしたの』

「えっと……」

僕は周囲を見渡した。人気は皆無、というわけではなかった。ここは少し高い位置にあるから、誰かの目に留まる可能性もある。

けれど……。

「はい」

呟く。唇は酷く乾いていて、出てくる言葉も小さく頼りない返事だった。僕はスラックスを地面に付けて、いつも彼女を見上げているのと、同じ姿勢を取る。

「ごめんなさい」

頭を、垂れた。唇は少し悔しくて、力が入る。

電波の向こうの微かな気配。呆れたような吐息。

『もういいわ。終わったら、さっさと連絡しなさい』

電話が切れる。

情けない。女の子にいいように使われて、ろくに言い返せなくて、土下座みたいなことさせられて。それでも、大人しくしているしかない自分が馬鹿みたいだと思った。終わったら連絡しなさいと言ってくれる彼女の言葉に優しさを感じてしまう自分が、本当に馬鹿だと思う。

立ち上がり、クラブハウスの扉を開く。思いのほか、時間を取られてしまった。あと五分もない。本当に、これで間に合うの――？

スチールの安っぽい扉。中を開けると、少し埃っぽい匂いがする。

廊下がまっすぐに延びていて、その左右に小さな部屋が幾つかあるようだった。人のいる気配はまったくない。

そして――。

「ええっ……？」

一人で声を上げてしまった。信じられない。なんなの。

アリスは消えてしまっていた。僕が妄想したのと似たような光景が目の前に広がっている。

廊下に脱ぎ捨てられたアリスの衣服。

黒いカチューシャ、エプロンドレス。白いソックス。

衣服を脱ぎ捨てて、不思議の国へと消えてしまった？

乱雑に散らばる痕跡を前に、僕は暫くの間、呆然としていた。

6

「おまえ、本当に記憶力だけはいいのね」

冷然と眼を細め、顎を上げた彼女は呆れたようにそう言った。

廃墟ビルの五階。ベッドのあるマツリカさんの寝室。アンティーク調の古くさい椅子に深く腰掛けて、疲れたような眼で僕を見ている。

「どうして、その記憶力を勉学に活かせないのかしら。雲散霧消したアリスよりは、そちらの方がよほど不思議に思えてくるわ」

散々な言いようだった。窓から差し込む夕陽以外に明かりはなく、殆ど薄暗くなった室内で、僕は言いつけられるまま正座の姿勢でことのあらましを説明していた。

あのあと、駆けつけた牧田さんに衣装を渡した。牧田さんは困惑した顔で、「やっぱ盗まれてたんだね。でも、盗んだ服を着るとか、意味わかんない」と首を傾げていた。演劇の公演は予定の時間より少し遅れたけれど、もともと手品部の発表が押していたらしく、アリスの衣装は無事に届いたようだった。僕はマツリカさんに連絡し、追い出されるまでメイド喫茶でゴキブリ男の出現を見張っていた。結局、五時になってもゴキブリ男は現れず、文化祭一日目の終了と共に、僕は廃墟ビルへと報告に戻った。

「でも、あの女の子、いったいなんなんでしょう？　衣装を盗んだ方法もわからないし、盗んだ服を着る必要性もまるで理解できません。クラブハウスから消えてしまったのだって……」

　クラブハウスは小さな建物で、すべての部屋を覗いてみたけれど、中には人っ子一人いなかった。牧田さんは、すぐに裏口の方からクラブハウスに入ってきたけれど、途中、誰かとすれ違った憶えはないという。唯一調べていないのはトイレだけれど、あの女の子は着ていた衣装を脱いでトイレに籠もっていたのだろうか？　なんのために？　そもそも、替えの服は？　僕と小西さんが見たとき、アリスは手ぶらだった。着替える服なんて持っていなかったはずだ。クラブハウスのどこかに用意しておいたのだろうか？

　パーティションエリアという密室から衣装を盗み出し、クラブハウスという密室から忽然と姿を消したコスプレ少女。意味わかんない。

「それはともかく」けれど、マツリカさんはアリスの正体になんてまるで興味を示していないようだった。椅子から立ち上がると、傍らの机の引き出しを覗いて、明るい調子の声を弾ませながら言った。「どんな仕置きをしてあげようか、たっぷりと考えてあげたわ」

「は？」

僕は正座したまま、ニットベストの背中を眺める。彼女のブレザーは、今はベッドの上に放られていた。

「拾っておいて正解だったわ。まだ動くし、念のために道具も揃えておいたから、安心なさい」

彼女が取りだしたのは、黒く重厚な質感のある金属の塊に見えた。白くか細い手に収まったそれ。優美な人差し指が、その形をなぞるようにまっすぐに伸びている。

「あの……」念のために聞く。「それは、なんですか」

「拳銃よ」マツリカさんは横顔を向けたまま、しれっと言う。「見てわからないの、おまえ」

なんでそんなものがあるんですか？

そもそも、なにをなさるんですか？

マツリカさんは持ち上げたそれに左手を添えた。黒く最悪な武器の上部を左手で引き上げると、重たげな金属音と共に、円筒の銃身が見え隠れする。

彼女は僕に向き直ると、猫のように細めた双眸で言う。

「立って」

啞然とする間に、彼女は僕の眼前に立っていた。見上げると、マツリカさんは相変わらずの冷淡な表情で、微かに唇の端を吊り上げていた。視線を下ろせば、短いプリーツのスカートと、微かに火照ったような朱を帯びた腿が並んでいる。僕は立ち上がることができず、その太腿からなんとか視線を剝がしとって彼女を見上げた。

軽く掲げたオートマチックの拳銃。

「少しは痛いと思うから、覚悟なさい」

横目で僕を見る。それから、マツリカさんは唇を銃口に寄せた。濡れたピンクの唇が、無骨なラインに吸い付くように触れる。不吉な接吻。

「立って」

唇が銃から離れる。催眠術で操られたみたいに、僕の身体はいつの間にか立ち上がっていた。角張った銃口の付近に、マツリカさんのグロスで濡れた痕が見える。微かなラメの輝き。

「眼を閉じてはいけないわ」

銃口。金色の金属。どこまでも続く暗い穴。徐々に近付いてくるその姿は次第に霞んでぼやけ、僕の額に重たい感触が押し付けられる。

「あの……」

まさか、本物じゃないよね？　けれど、エアガンだとしても、こんな至近距離で撃たれたら想像以上に痛いはずだ。自分の息が震えていることに気付く。引き金。淡くマニキュアで色付いた桜色の爪。指先がかかる。

マツリカさんは、歯を覗かせる。

眼を閉じてはいけないわ。

僕は何度か瞬きを繰り返し、けれど、眼を瞑ることができない。これから先やってくるであろう激痛が何度も脳裏を過ぎり、予測して、現実に対応しようとする。肩は緊張で硬く竦んでいた。逃げることもできるはずだったのに、僕は動くことができなかった。

足が竦んでいたから？

それとも、これが彼女の与える罰だから？

心臓の音がする。徐々に、徐々に、それが大きくなる。自分の息づかい。呼吸の鼓動。そこに混じるノイズ。僕のものではないリズム。マツリカさんの身体の重さの一部が、銃を通して額に伝わってくる。押し付けられ、間接的にふれ合う外力。僕はマツリカさんに触れたことがない。銃身を通してとはいえ、こんなにも近くで彼女の鼓動を感じ取ったのは初めてだった。

引き金に、指が食い込んでいく。

どれくらい、痛いだろう？　改造されたものなら、空き缶を貫くって、テレビでやっていたのを思い出す。

引き金が、引かれる。

眼を閉じた。

唇を噛む。

重い鉄の音。

スプリングの撥ねる感触。

耳の奥に広がる刺激。

微かに伝わる、額への振動。金属の震え。

暫く、息を止めていた。

痛く、ない。

眼を開ける。マツリカさんは冷たい眼差しのまま、銃を離す。それから、したり顔で言う。

「撃たれると思った？　空気も、弾も入ってはいないわ」

息が漏れた。僕はなにか言おうとして口を開ける。言葉が見つからない。心臓はまだ激しく脈打っている。胸に手を置いたまま、満足そうに眼を細めている彼女に眼で訴えた。

「び……」ようやく、最初の言葉が出る。「びっくり、したじゃないですか！」

マツリカさんは肩を竦めて銃をベッドに放り投げた。

「おまえの怯えた顔で満足してあげたの」それからすぐに背を向けて、窓際にある望遠鏡を覗き込んだ。「おまえが必死になって追いかけていたアリスの話をしてあげましょうか」

「え？」

「聞く？　それとも、聞かない？」

「き、聞きます。聞きます」

慌てて気をつけの姿勢を取る。マツリカさんは腰を突き出すようにして、低い位置の望遠鏡を覗いていた。極端に短いプリーツスカートの端。そこから伸びる白い腿。僕が、もう少し屈んだら、見えるかも？　目の前にお尻を差し出されているようでもあり、湧き出ていたはずの怒りの感情は瞬く間に消されてしまう。

心臓の鼓動だけが、銃を通して彼女とふれ合っていた緊張の時間を、余韻に残す。

「なぜ、盗めるはずのない状況下で衣装が消えてしまったのか、その問題を解決すれば、クラブハウスの問題も、自然と答えが見えてくる」

マツリカさんは僕の説明を聞いただけで、答えを導き出してしまったらしい。

「けれど、どう考えても無理ですよ」僕は口答えしながら、周囲を見渡す。彼女の説明を聞くとき、僕はたいてい正座しているからだ。つまり、この状況で正座するために身を屈めても、なんら不自然ではないはずだった。いつもより、彼女との距離は近いけれど。「だって……。着替えのスペースはパーティションで区切られていました。最後にそこを使ったのは小西さんで、サチさんは、そのあと誰も通っていないことを証言しています。加えて、十一時から十二時まで、パーティションエリアに誰も入っていないことを、サチさんは証言していますから」

「小西が着替えたのは、何時？」

「え……。いや、詳しい時間はわからないですけど、十一時から十二時の間ですよ」

「どうして、そう思うの？」

「だって……。えっと、十一時に、ユーコさんが食事のために衣装を脱いでいますから。サチさんが言うには、最後にそこを使ったのは小西さんですから、彼女が着替えたのは十一時以降ってことになるでしょう？」

僕は自分の考えを説明しながら、さりげなくその場に腰を下ろして、正座する。慎重に視線を上げて、無防備に望遠鏡を覗き込んでいる彼女の脚を舐めるように観察した。

「おまえは、サチという娘の証言を鵜呑みにしているけれど」

「彼女が嘘をついているって言うんですか？」

それを言ったら、全員の証言を疑ってかからないといけなくなる。僕は大切な宝物に触れるように、そっと視線を上げた。好物のハンバーグを最後まで残しておく感覚に似ている。一瞬で味わったらもったいない。存分に怖がらせてくれた仕返しだ。視線の角度を徐々に上げていき、マツリカさんの内腿を奥まで辿っていく。プリーツの中、秘密の花園を、覗き込——。

「そうではないわ」マツリカさんは顔を上げ、こちらを振り向いた。「おまえは、サチの証言だけを考慮するべきなのに、そこに誤った事実を混入させてしまっている。サチが証言していない事実を混ぜ入れてしまっているから、混乱が生じているのよ」

「しょ、証言していない事実……？」

い、いま、いま、見えそうだったのに！　見えそうだったのに！

彼女はもう望遠鏡から興味を失ったようで、すっと背筋を伸ばし、怪訝そうに僕を見下ろしていた。

「おまえの記憶が正しくわたしに伝えられたと仮定すると、サチは十一時にユーコが着替えたとは証言していない。彼女は、ユーコが着替えたとは一度も言っていないのよ」

「えっ、けれど……。だって、食事のために、十一時に衣装を脱いだって……」

それを言っていたのは、牧田さんだ。

「サチは、最後にパーティションエリアを使ったのが小西だと証言している。そして、十一時から十二時の間に、誰もそこを使っていないとも。それをそのまま解釈してみなさい。十一時から十二時まで、小西を含めて、誰もそこで着替えてなんていなかった。小西が着替えたのは、十一時より前だった」

小西さんが着替えた時間は、確かに、『最後に着替えた』という証言から逆算して推測したものだった。けれど、そうだとすると、ユーコさんが着替えたのは十一時よりもっと前？　あるいは、牧田さんが嘘をついている？　けれど。

「けれど、衣装が盗まれたのは事実なんです。着ている衣装を盗むなんてこと、できるわけありません。だから、どこかで、衣装を一度脱いでいる必要があって……」

「そもそも、衣装は盗まれていなかったとしたら？」

「それって、どういう……」

「消えたのは、アリスの衣装ではない。ユーコという役者だったのよ」

僕は呆然（ぼうぜん）と彼女を見上げていた。マツリカさんは微（かす）かに首を傾げ、不思議そうに言う。

「おまえ……」

「はい？」

「近いわね」

「すっ、すみません」

僕は正座のままその場を後退するという奇妙な動きを披露した。

マツリカさんはベッドに腰を下ろして脚を組んだ。もしかしたら、望遠鏡を屈んで覗くのに疲れたのかもしれなかった。確かにあの姿勢を長い時間続けるのは腰に響くだろう。くそっ、失敗した。もったいないながらずにガツンと覗き込むべきだった！

「あの、消えたのは、ユーコさんだって、どういうことですか？」

恐る恐る、彼女を見上げて問いかける。交差した太腿の柔らかそうな感じも悪くない。僕はときどき考え込むふりをしながら、挟まれたらいい匂いがしそうで幸せのあまり死んじゃうかもしれない腿のスペースを盗み見る。

「そのままの意味よ。ユーコは、衣装を身に着けたまま消えてしまった。十一時に食事のために着替えをしたという牧田の証言は虚言となる。だからこそ、サチは最後に着替えをしたのが小西だと証言しているし、十一時から十二時の間にパーティションエリアに入った人間が誰もいないと言っている。そもそも、サチはこう言っていたのでしょう。『マキが衣装を捜しに来るまで、誰も通らなかった』と。ユーコは衣装を脱いでいないし、制服に着替えるために戻ってきてもいない。消えてしまったのよ」

「それって……」

「理由は想像に難くないわね。ユーコは舞台に立ちたくなかった。それどころか、クラスの公演自体を中止させたかったのかもしれない。衣装を身に着けたまま、姿を消してしまった。逃げ出したと言い換えてもいいでしょう。反対に、牧田はなんとかして演劇を成功させたいと考えている。ユーコの失踪に気がついたのは牧田だけだったのかもしれないわ。彼女は、ユーコがいない理由を、なくなった衣装を捜すためなのだと取り繕った。電話やメールでユーコに戻ってくるように説得をしながら、最悪の場合は、衣装だけでも取り戻そうとした。ユーコが衣装を返さなかった場合は、おまえのクラスの衣装を拝借しようとしたのね。どうしてもユーコを連れ戻せなかったときは、代役でも立てる心づもりだったのでしょう」

ユーコさんは、衣装を着たまま、逃げ出した。そうだとしたら。

「僕が、クラブハウスで見たのは――」

「彼女こそがユーコだったのよ。だから、声を掛けられて振り向いたとき、相手が小西だと気付いて逃げ出そうとした」

「でも、そうだとしたら、小西さんも気付くはず――」

言いかけて、重要な事実を思い出す。

「あ、そっか！　小西さん、あのときはコンタクトしてなかったんだ」

だから小西さんは、ユーコさんのことを、アリスのコスプレをしている女の子なのだと思い込んだ。

「牧田はユーコを説得して、衣装だけでも取り戻すつもりだったのでしょう。そのためには、ユーコの着替えを用意しなくてはならない。それが制服だったのか、ジャージの類だったのかはわからないけれど、クラブハウスのトイレにでも用意して、衣装だけでも取りに行くつもりだったのよ。けれど、その直前におまえ達がクラブハウスに辿り着いてしまった」

だから、牧田さんはあのとき、僕の行動を制止しようとした。僕がユーコさんに接触しないように時間を稼いだ。牧田さんは、ユーコさんは衣装を着ているクラブハウスで着替えたあと、裏口から出て行ったんだろう。ユーコさんを僕に発見されてしまった以上、この盗難事件をより不可解で不可思議なものに仕立て上げようとした……。

マツリカさんはベッドに腰掛け、後ろに手を突いている。筋肉の緊張を解いた姿勢のまま、暗くなった窓の外に顔を向けていた。

「ユーコさんは、どうして、逃げ出したんでしょうか……」

小西さんは、言っていた。

あたし、ユーコの努力知ってるから。それ、無駄にしたくない。

「教室から浮いていて、周囲の期待をそのまま背負い込んでしまう。冗談を冗談と受け取れない憐れな性格——」マツリカさんは物語でも語るように謳った。「そのクラスは、本来は別の出し物をする予定だったそうね。抽選で漏れて、別の出し物、演劇をやることになってしまった。教室の気概は失われて、率先して演劇をやり遂げようとする人間もいなかったのでしょう。衣装や道具の準備が遅れていたという話も納得できるわ。演劇をやりたがる高校生というのは珍しいもの」

幼稚園、小学校、中学校——。そういえば、クラスの出し物で演劇をやるってことは確かに多かったかもしれないけれど、高校になるとそういうのは少なくなる。舞台に立つということに恥じらいを覚えて、やりたがる子も少ないだろう。

「それじゃ、ユーコさんは……」

押し付けられた。

教室のみんなに、素人演劇の主役というポジションを、押し付けられた——。

「最初は、教室の期待を背負っていると勘違いしていたのでしょう。それで、教室の一員に溶け込むことができたと舞い上がっていたのかもしれない。けれど、当日になってか、最近になってか、気付いたのでしょうね。自分が、ただのスケープゴートだったということに」

マツリカさんは言う。ユーコという名前は、有子と書くのかもしれないわね。アリスと読めなくもなくて、そんな小さくて些細な理由で主役を押し付けられてしまったのかもしれない。

みんなの役に立ちたいと思っていた。

分厚い壁を打ち砕いて、無力な自分にもできることがあるんだって信じたかった。

そうすることで、みんなと一緒になりたかった。みんなの期待を背負って、それに応えて、仲間に入れて欲しかった。

僕は俯いている。

膝の上に乗っていた手は拳を作っていて、少し伸びた爪が掌に食い込む。

乾いてみすぼらしい唇が、なにか言葉を探し出そうと震えた。

「僕が、してたことって……。ぜんぜん、無意味だったんですね」

僕は今回も役に立たなかった。役に立てるかもって思い込んで、マツリカさんの命令に逆らって。

それで、もし、僕がユーコさんを見つけていたら、どうだろう？　彼女を困らせるだけで、彼女に辛い気持ちを背負わせるだけで、誰も喜ばなかったに違いない。ただいたずらに時間を潰していただけ。それなのに、僕は人混みの中を走って、駆け抜けて、もしかしたら、僕も、誰かのために、役に立てるんじゃないかって……。

教室の、一員になれるんじゃないかって。

「そうね」

マツリカさんは、冷たくそう言う。

僕の視界の外から降ってくる言葉は、いつだって、厳しくて、辛くて、現実だ。

「今日のおまえは、わたしを苛立たせるだけで、本当に役立たずだったわ」

視界が潤んで霞む。それを堪えて、僕は何度も金魚みたいに口をぱくぱくとさせながら、言葉をたぐり寄せて、紡いでいく。

「ごめんなさい」

だって……。

本当は、気付いていたんだ。

本当は、知らないふりをしていたんだ。

みんなが僕のことを避けてたり、無視していたりなんて、大きな嘘だ。

文化祭が勝手に進んでいて、僕の存在を取り残しているなんて、ただの被害妄想だ。

本当は知っている。みんなは僕が五時までメイド喫茶に居座っていても文句を言わなかった。マリッぺさんは、D組の手伝いしてたんだって？　お疲れ様と言ってジュースを出してくれた。牧田さんは本当にごめんね、ありがとうねと何度もお礼を言ってくれた。小西さんは、視線が合えば笑いかけてくれる。あの可愛い笑顔で。眼を合わせようとしないのは僕の方だ。だから、みんなの優しさに気付かない。みんなの優しさに怯えて一歩を踏み出せない自分が情けなくて、だから、みんなが構ってくれないんだって、ひとのせいにしようとする。

本当は知ってるんだ。知ってるんだよ。ただ、僕が、なんにもしようとしないだけで。僕の方が、みんなのことを遠ざけようとしているだけなんだって。それくらい、知ってる。知ってるんだ。

「だから、文化祭のときくらいは……。僕も、なにか、できればって思って……」

閉ざされた窓の向こうから、学校の放送が聞こえてくる。あとは静かだった。自分が洟を啜る醜い音だけが、ときどき混じり込む。沈黙に支配された魔女のすみかで、僕はひたすらに惨めな気持ちを閉じ込める。

「なにも、文化祭は今日で終わりというわけではないでしょう」

マツリカさんの気だるい声が耳を擽る。文化祭実行委員の女子の声かもしれない。一日目は終了です。明日も皆さん、頑張りましょう。それに呼応するように歓声と拍手の気配が届いた。

「柴犬」

顔を上げる。

マツリカさんはベッドに横になっていた。こちらを見ている白い顔。死体のように広がった手足。伸びた腕の一つが、僕の方に差し出される。

「喉が渇いた」

そう言って、マツリカさんは掌を見せる。百円玉が二枚と、十円玉が二枚あった。

「えっと……」

「喉が渇いた。何度も言わせないで」

「あ、はい。すみません」

彼女は眠るように瞼を閉ざす。僕はベッドからだらんと落ちそうになっている彼女の腕の先、白い掌に載せられた二百二十円を、そっとつまみ上げる。指先が、彼女の手に触れる。温かくて柔らかな感触。それに反するように、冷たくて死体のように眠る彼女。初めて、彼女に触れた。

二百二十円？

「あの……。この金額は」

「わたしと、おまえのぶん。憐れな顔を披露してくれた褒美にあげるわ。なるべく早く戻ってくることね」

百十円だと、学校の自販機まで戻らないとジュースを買えない。マツリカさんはトマトジュースが好きらしいから、探してこないと。

僕は二百二十円を手にして立ち上がる。戸口まで歩いて、一度だけ、マツリカさんを振り返った。

もしかしたら、彼女がこっちを見ている。そんな視線を感じたような気がして。

けれどマツリカさんは死体みたいにベッドの上で瞼を閉ざしていた。白いシーツの上に、彼女の黒い髪が流麗な滝のように広がって流れている。

階段を降りた。百十円で、なにが買えるだろう。学校まで戻らないといけないのは少しばかり気まずかったけれど。

なにも、文化祭は今日で終わりというわけではないでしょう。

廃墟ビルを出て、僕は学校に引き返す。まずは食堂の外にあるテラスで、トマトジュースのある自販機を探さないと。そのあとは。

そのあとは。なるべく、早く戻る。なるべく、早く戻るから。

自分の教室へ戻って、小西さんに伝えようと思った。

明日、手伝えることがなにかないかって。呼び込み、チラシ配り、掃除、ポスター張り、片付け。なんでもいい。なんでもいいから。

僕になにかできることがあるなら。

一緒に、そこにいさせて欲しい。

さよならメランコリア

1

雨の音はこの世界の息苦しさをかき消してくれるようで、それに耳を澄ますのが昔から好きだった。暑い陽差しも、賑やかな喧噪も、あらゆるものが遠のいて、僕の憂鬱な気持ちに世界が歩み寄ってくれるような気がする。きっと僕の胸の中には、あのときからずっと雨が降り続けているんだろう。

持ってみると、三脚というのは意外に軽かった。これなら荷物持ちを申し出るほどじゃなかったかなんて、恥ずかしくなる。

小西さんは髪を揺らしながら、ときどき僕の前で立ち止まったり、座り込んだり、身体を斜めに傾けたりしながら、カメラのファインダーを覗き込んでいる。こうして改めて彼女の後ろ姿を見ると、去年に比べて髪が伸びていることに気が付いた。彼女が屈んだとき、制服の襟首と黒髪との間に見える白いうなじは、瞬く間に過ぎていく時間の経過を意識させる。

校舎の景色なんてもう何度も撮っているだろうに、なにが面白いのか僕にはわからない。きっと彼女の眼には、僕らが見逃してしまう日常の景色から、かけがえのない一瞬を拾い上げる力があるのだろう。僕は頭が悪くて鈍感だから、過ぎ去ってしまう日々の中に、もう取り戻すことのできない日常が隠れていることに気づかない。いつだって、どうしてあのときになんにも気づかなかったのだろうと悔やんで、冬の冷たさから逃れるみたいに毛布にくるまり、閉じこもっているだけだ。

冬の校舎は他の季節に比べると、暗くて物静かだった。廊下に沿って続いている窓を、雨が激しく叩いていているだけ。人が一切消えていなくなってしまったかのような静謐さを感じられる。

小西さんに招かれて、部室の扉をくぐる。写真部に立ち入るのはこれが初めてで、当然ながら、室内には他の部員がいた。夏の肝試しのときに見かけた先輩だということに気付く。彼女は机に写真アルバムをところ狭しと並べて、ページを捲っていた。

部室に入ってきた僕を見て、誰？　というふうに眼を向ける。物怖じした僕は、「三脚、そこに置いておいてね」という小西さんに頷き、それを部屋の片隅に置いてそそくさと立ち去ろうとした。

「先輩、それなんですか？　いつのアルバム？」

それじゃ、僕はこれで。そう別れの挨拶を告げようとしたが、僕の言葉を遮るように、小西さんは先輩と会話を始めてしまう。

「ああ、これね、先輩達のアルバム引っ張り出してたら、見つけちゃって」

「あ、これ面白いなぁ。なんだろ？　クロスプロセス？」

小西さんはなにやら興味津々にそのアルバムを覗いていた。

僕は居心地が悪くなり、再び口を開こうとしたが、小西さんに遮られてしまう。

「柴山(しばやま)は、クロス写真って見たことある?」

「クロス写真?」

よくわからず、首を振った。

「現像方法が普通と違うんだ。たいていはコントラストが強くなって、独特の色転びをするの。使うフィルムによって、どんな色に転ぶのかも変わってくるんだよね。これはたぶん、富士フイルムのだと思うんだけど。ほら、写真、ぜんぶ真っ赤になってるだろ?」

手招きされて、そのまま机に近づく。正直なところ、小西さんのその説明では充分に理解できなかった。とはいえ、確かに色の濃淡がはっきりとした写真ばかりがアルバムに並んでいる。そのすべてが、赤いセロファンを通したような光景に染まっていた。淡い桃色から、血のように鈍く黒い色まで様々で、少しばかり不気味な雰囲気を醸し出している。

その中の一枚の写真に、僕の視線は自然と吸い寄せられた。

教室の中の光景だった。制服を着た女の子が、睨(にら)むような鋭い目つきでこちらを見ている。血に染まったような真っ赤な世界で椅子に腰掛けた彼女は、まるで魔女のように妖しく危険な色香を放っていた。

「あの」僕は先輩に聞いた。息が詰まるような気がした。「この写真に写ってる人、誰ですか？」

「んー？」先輩は不思議そうな顔をしたあと、赤い写真を一瞥する。「ああ、この人ね。ウチの部じゃないけど、三年生の人だよ。名前は、えーっと、ちょっと忘れちゃったけど。確か、松橋先輩の友達」

「その、松橋っていう先輩は？」

「この写真を撮った人。二年のときに引っ越しちゃった。だからね、このアルバム、送ってあげた方がいいのかなーって思ってたところなんだ。たぶん、忘れ物だろうから」

「なに、柴山、知り合い？」小西さんが眼鏡の奥の眼を細めた。

「いや、そういうわけじゃないんだけど」僕は口ごもって、嘘をつく。「なんか、どこかで見たことがある気がして」

「綺麗な人だよね。全体を覆う赤い色が、妖しさを強調してるっていうか。危ない感じがして」先輩は問題の写真をアルバムから抜き出して、矯めつ眇めつ眺めた。「そういえば松橋先輩、この人の写真をよく撮ってたなぁ。確かにモデルみたいだし、不思議な魅力あるよね。なんか、噂じゃ家で色々と抱えている子らしいけれど」

「え――」

それって、どういう噂ですか？　尋ねようとしたとき、僕よりも早く、小西さんが口を開いた。

「あたしもこの人知ってる。三年生の教室に遊びに行ったとき、見かけたことあるもん」

先輩は頷いて、写真を大切そうにアルバムに戻しながら言う。

「三年生って、もうすぐ卒業だね」

2

考えてみれば当然のことだった。

マツリカさんは廃墟（はいきょ）ビルに住んでいると言い張っているけれど、僕の知らないところで、ごく普通に学校に通う当たり前の女の子としての一面があっても、なんにもおかしくない。そうではない方がおかしいいんだ。彼女の容姿やものの考え方はとても大人びているから、三年生だと言われれば自然と納得できる。あの廃墟ビルで、朝から学校を観察している？　そんなの、僕がそう説明を聞かされているだけだ。他の生徒と同じように、朝から学校に登校して、友達と話をして、授業を受けて――。放課後になってから、部活に通うように廃墟ビルへ足を運んでいるのだとしても、なにもおかしくはない。僕は三年生とはまったく交流がないから、そんなふうに騙されていたとしても、気が付かなくたって当たり前だ。けれど、小西さんは学校にいるマツリカさんを見たことがある。

普通の子と同じように、友達と話をして、授業を受けて——。

けれど、マツリカさんの友達って、どんな人だろう？　友達と一緒にお昼ご飯を食べているところとか、教室で授業を受けているところだとか、どんなに考えを巡らせても、想像が付かない。

僕にとってのマツリカさんは、朝から晩まで、あの廃墟ビルから学校を観察している魔女みたいな変人だった。考えてみれば、僕はマツリカさんのことをなんにも知らない。年齢は？　誕生日は？　好きなものは？　本当の名前は？　僕は、なんにも教えてもらっていないじゃないか。

なんか、噂じゃ家で色々と抱えている子らしいけれど——。

本当だろうかと思った。考えても、わからない。けれど、もしそうだとしたら、あの廃墟ビルに住んでいると言い張って、双眼鏡で校舎を観察するような真似をしていても、おかしくはないように思えてくる。ごく普通の女の子であるマツリカさんを想像することはできなかったけれど、もし、そういった理由のせいで、今もあの廃墟ビルから双眼鏡を覗き続けているのだとしたら――。

昇降口まで戻ると、外から聞こえる激しい雨音に、耳朶を打たれるようだった。コンクリートの地面を、雨粒が狂ったように跳ね回り、弾け飛んでいく。天気予報を信じて傘を持ってきたのは正解だ。吹き付ける風は冷たく、横殴りの雨は容赦なくコートを濡らしていく。ちょっと外に出るだけで、身体が凍えた。小西さんは、校舎の中からこの激しい雨の景色を撮影していたけれど、僕にとっては帰るのがひどく億劫だとしか感じられない光景だ。駆け足で校庭を抜けて、向かいの通りにある廃墟ビルへ飛び込んでいく。ここにいる間、少しは雨脚が弱まればいいんだけれど。

傘を肩で押さえながら、半ば下りているシャッターを力任せに持ち上げた。近頃は寒くなってきたので、開きっぱなしになっていたこのシャッターも閉まっていることが多くなった。残念ながら、どうやら壊れているらしく、完全に閉め切ることができないのが難点だった。鍵もなにもないから、このビルの戸締まりは無防備だ。もっとも、ここに住み着いていると言い張るマツリカさんの方が、不法侵入していると言えるんだろうけれど……。

傘を畳んで犬のようにぶるりと身を震わせてから、階段を駆け上がった。廃墟ビルの内部はエアコンもなにもない。ガスも水道も電気も止まっているのだから、当然。けれど、マツリカさんの部屋に行けば石油ストーブが点いているはずだった。

五階まで上ると、一気に身体の熱が上昇した。衣服が吸い込んだ雨水が少しばかり心地悪い。階段や廊下は真っ暗で、携帯電話の明かりだけが頼りだった。マツリカさんの部屋は戸が少し開いているようで、中から明かりが零れている。ここのところ、灯油タンクを運んだりしていたせいか、五階まで駆け上がっても息が上がらなくなってきた。ちょっと前の僕だったら、すぐにへたり込んで水分を欲していただろうけれど。

明かりを目指して、暗い廊下を進んでいく。不思議なことに、室内にマツリカさんの気配はないようだった。なんの物音もしない。

「マツリカさん……？」

開いている戸を開けて、室内を覗き込む。ぎょっとした。知らない人が立っている。そう思ってしまった。

戸を開けてすぐ、いつもとは違う位置にマネキンが立っていた。ナース服を着ているマネキンで、普段は部屋の隅に転がっているはずのものだ。これって自立できたのかと軽い驚きを感じながら、びっくりさせるなよと胸を撫で下ろす。このマネキンは関節が動くらしく、物を掲げるようなポーズを取っていた。伸ばした手の先に、なにかが垂れている。あれ、なんだろう、これ……。室内の明かりは弱く、僕は眼を細めてそれに顔を近付ける。

えっ……。こ、これは……。思わず息を呑んだ。知らず内に込み上げてくる興奮に、鼻が鳴る。

純白の上に彩られたレースの模様。これは――。

正直、意味わかんない。なんでマネキンの手にブラジャーがぶら下がってるの？よく見ると、指先には同じように白い下着が引っかかっている。こ、これは、ぱ、ぱぱぱ、ぱん……。ぱんてぃー、ですか？

胸の中にざわめきを感じながら、落ち着け自分と言い聞かせて室内を見渡した。一瞬、マツリカさんの姿がないと思ったけれど、それは間違いだった。彼女は部屋にいた。ベッドの中で、無防備に眠っているようだった。いつものように何枚もの毛布を被って、静かに寝息を立てている。彼女の白い顔が、机の上のランプの明かりに照らされて朧気に見えた。床には石油ストーブが火を立てており、その近くにもマネキンが立っている。不格好にまっすぐ伸ばした腕に、青い針金のハンガーが掛かっていた。吊されているのは彼女の制服のブレザーとブラウスだった。ど、どういうことだ？ れ、冷静に考えよう。状況を、冷静に考えて、分析しよう。マツリカさんは、眠っている。そう、寝ているみたいだ。それで、彼女の衣服がハンガーに掛かっていて……。たぶん、雨に打たれて濡れてしまったのだろう。乾かすために、ストーブの近くに置いているのに違いない。

ということは……。

目の前にある白いそれを、見詰める。矯めつ眇めつ、眺めた。

喉が鳴る。

これは、あれか？　もしかして試されてる？　罠かなにか？　これを手に取ったら、マネキンが動き出して襲ってくるとか？　そういうトラップなの？

シュールな光景だった。ナース服を着たマネキンが、どうぞと言わんばかりに手を差し出してきて、その手から、白いブラと下着が垂れているのだから。

僕は、暫くその場で逡巡していた。こんなふうに、うら若き女性の、脱衣後の下着を眺めるのは、姉さんのを除くとこれが初めてだった。そう。そうだ。こ、これは、マツリカさんの、彼女の脱ぎ立ての下着……。

興味がないと言ったら嘘になる。

そりゃ、興味ある。興味あるよ。あってなにが悪い？　僕だって十代の健全な男子なんだよ？　手触りだって気になるし、どんな匂いがするのかだって確かめたい。そんなの、ここで興味ないなんて言ったら、男じゃないじゃん。

何十秒も、下着を見詰めたまま悶々としていたように思う。

振り切るようにマネキンから離れて、ベッドの上で眠っているマツリカさんに近づく。

ストーブの近くではなくて、入り口の近くにマネキンを置いたってことは、これは僕を罠に嵌めるためのものなんだろう。マツリカさんは眠ったふりをしているに違いなかった。僕が下着を手に取った瞬間に、おまえ、どうしようもない変態なのね、この屑、とかなんとか言って、言いふらされたくなければと、またわけのわからない怪談を調べさせるつもりだろう。そうはいかない。

「マツリカさん」

僕は彼女に呼びかけた。オレンジ色のランプの光に照らされた彼女の頬は白く、瞼は穏やかに閉ざされていた。カールした長い睫毛は、微動だにしない。

「マツリカさん……?」

ベッドの脇に屈み込んで、至近距離から彼女の顔を覗き込む。瞼が開く気配はなかった。うっすらとでも開かなければ、僕が罠にかかったとしても、それを確かめられないはずなのに。

穏やかで、幸せそうな彼女の寝顔。

「マツリカさん……。本当に、寝ちゃったんですか……?」

僕は、さっきよりもだいぶ小さな声で、彼女にそう問いかけた。

返事はない。もっと顔を近付けると、いつものストロベリーとは違う匂いがした。

雨の匂いだと思った。

意識すれば、激しい雨音が耳に飛び込んでくる。

寝息を確かめようと、もっと顔を近付ける。抑えないと、自分の吐息が彼女の顔に掛かってしまうくらいに、近い距離だった。

もっと近付いたら、キスができるかもしれない。

激しく脈打つ動悸に、自分の身体が震えていた。

生唾を呑み込んで、僕は顔を離す。堪えていた吐息を、勢いよく吐きだした。緊張に身体が強ばっている。冷静になろうと考えた瞬間に、また邪な考えと映像が脳裏を過ぎっていった。マツリカさん、ブラウスを脱いで、下着まで脱いだってことは……。

今、もしかして全裸ですか？

去年の夏に見た、彼女の白い身体を思い返した。しっかりと脳裏に焼き付いたその映像を、僕はたびたび思い浮かべては空想に浸る。もう一度、実際に見たい。少しだけでもいいから、確かめたい。そんなふうに考えてしまう僕って、やっぱり最低なんだろうか？

うん、最低。最低だよね……。わかってはいるんだけれど……。

「マツリカさん、起きて下さい」僕は、彼女を包んでいる毛布に、そっと手を伸ばす。

「起きてくれないと……。僕、なにをするかわからないですよ……」

指先が、ベージュ色の柔らかな毛布に触れる。摑んだそれを、そっと紐解いていくように捲り上げて——。

うっすらと、彼女の瞼が開いた。僕は慌てて手を引っ込める。

マツリカさんは、黒い瞳で不思議そうに僕を見上げたあと、首を擡げた。長い黒髪が流動的にさらさらと蠢いて、彼女が身じろぎをする。「おまえ」と、掠れた声音を発して、ピンクの唇が囁く。マツリカさんは毛布の下から腕を出した。期待や想像とは違って、出てきたのは朱色のジャージ姿だった。彼女は眠たそうに眼を細めたまま言った。「いま、何時？」

「あ、えと、いま、ですか」僕は慌ててポケットから携帯電話を取り出す。「五時四十分、です」

「そう」上半身を起こして、乱れた髪を白い手が梳いていく。思わず追随してしまいそうになるほどの魔力を秘めた黒い髪だった。「不測の事態だわ。まさか本当に眠ってしまうなんて」

どうやら、あれは本当に罠だったらしい。ついさっき穴が空くほどに見詰めた下着の映像が脳裏を掠めていく。穴が空くほどだなんて。下着に穴が空いたら大変だ、とわけのわからない妄想が勝手に広がってしまい、僕はにやける顔を隠すように頬に手を置いた。一箇所だけ穴が空くとしたらどこがいいだろう。って、僕ってばなに考えてるんだ。

「あの服……。いったいどうしたんですか？」

マツリカさんのジャージ姿は新鮮だった。廊下で見かける女子達のそれとは違って、この人が着ていると妙な色香が香り立つ。たとえば、中途半端に胸元まで下ろされたファスナーだったりとか、肩からすべり落ちそうに見えるくらい着崩した様子だったりとか。

「見ればわかるでしょう」マツリカさんの声はまだ少し眠たげだった。「散歩をしていたら途中で雨に降られたのよ。濡れた下着は不快だから乾かしているの」

まぁ、それは想像できるけれど、なにもあんなところにこれ見よがしに置かなくたって……。僕も、学校を出てここへ来るまでに散々雨に打たれて、制服のスラックスはずぶ濡れだった。吸い込んだ雨水は肌にまで染み渡っていて、早く着替えたくなるのも、わかる気はするんだけれど。

そこでまた、重大な事実に気が付いた。

マツリカさんの下着が、あそこにあるということは――。

息を呑んで、怪訝そうに眼を細めている彼女の身体を見詰める。微かに開いて肌が覗いたジャージのファスナーと、その下にある柔らかな膨らみ。もしかして……。え、もしかして……。いま、ブラ、してないの？　専門用語で言うところの、ノーブラっていうやつ？　そ、そうなると、し、しし、下は？　まさか、え、穿いてないんですか？

「おまえ、なにを想像しているのか、容易に把握できる顔をしているわね」

マツリカさんは首を擡げて、呆れたように吐息を漏らした。僕は慌ててかぶりを振って否定する。

「な、なにも想像してませんよ！」僕はそんな変態じゃないです。「そ、それより、マツリカさん大丈夫ですか？　風邪とか引いていません？　ここだって、そんなに暖かくないし——」

なるべく彼女から眼を背けようとしたいのに、僕の意識とは裏腹に、視線は胸元のファスナーに自然と吸い寄せられていく。ちらちらとそこを窺いながら、あのファスナーを思い切り下ろしたらどうなるんだろうと妄想が膨らんだ。本当に、だめだ。今日の僕は、愚かで浅はかな考えばかり頭に浮かんでしまう。だって、だって、ノーブラなんでしょ？　ファスナー下ろしたら、見えちゃうんでしょ？　こぼれちゃうんでしょ？

「寒いと言ったら、おまえが温めてくれるの？」

軽く首を傾げたマツリカさんは、人形めいた無表情でそう言った。

「ぼっ、な、なにを仰るんですか！」僕はへんてこな口調で声を上げると、いそいそと着ているダッフルコートを脱ぐ。「これ着て下さい！」

「いやよ。濡れているし、臭うわ」

　顔をしかめて、そう仰る。

　に、臭う？　臭うかな。僕って、そんな、汗臭いタイプの男子じゃないと思うけれど……。ちょっと衝撃を受けながら、雨水を吸い込んで重たくなったコートを畳んだ。このまま着込んでいる気にはなれなかった。

「それよりも、おまえ、先週に用意した課題は終わったの？」

「あ、はい。いつもより難しかったけれど、なんとか終わりました」

　僕は床に置いていた鞄から、数学の問題集を取り出した。マツリカさんが買うように命じたもので、割と難易度の高いものだった。ここ最近はマツリカさんに勉強を教えて貰っているせいか、問題の穴はすべて埋めることができた。数学も歴史も、去年に比べると自分で驚くくらいに成績が良くなっている。

　マツリカさんは、毛布から身を起こした姿勢のまま、問題集のページを素早く捲っていった。答えを確かめているようだったけれど、解答は自分の頭の中にあるらしい。僕は暫く、彼女のジャージのファスナーを見詰めていた。ときおり彼女が身をよじると、開いた胸元の肌が露出する。キャミのような下着の類は身につけていないようだった。そうなると、本当にファスナーを下ろしたら大変なことになってしまう。あ、手が滑った！　とかなんとか言って、下ろしてしまったらどうなるだろう。まさしく神秘の扉が開かれるに違いなかった。まさかジャージがこんなにいやらしい服に見えるなんて。

「誤りは三点。一つは計算ミス。一つは注意力不足。問題をよく読んでいない。最後の一つは、ありがちな勘違い」

数分でマツリカさんは採点を終えてしまった。それも頭の中だけで。彼女は手にした問題集をぽいと床に投げ捨てて、詰まらなさそうに言う。

「まぁ、おまえにしては大したものね。九十点未満だったらなにか仕置きをしてやろうと思っていたのに。おまえ、もう、わたしがいなくても大丈夫そうね」

マツリカさんがいなくても、大丈夫――？

その言葉に、胸のどこかが毛羽立つような気持ちになった。

「それって、どういう――」

不意に、大きな物音がした。

肩越しに室内を振り返る。ランプに照らされたマネキンの向こう。開いた扉から見える廊下から、なにかが倒れるような音がした。息を呑んで、じっと暗い廊下を見詰める。誰かが来たのだろうか？　緊張に喉の辺りの血管が脈打つ。根城を求めてやってきた不良グループだったら、おしまいだ。とてもじゃないが、僕ひとりではマツリカさんを護りきれない。どうにかして、逃げる時間を稼がないと……。

けれど、妄想めいた僕の不安は懸念に終わった。扉の隙間から顔を覗かせたのは、小さな黒猫だった。

「なんだ……。びっくりしたぁ」

去年の夏にマツリカさんが拾ってきた黒猫だ。マツリカさんは積極的に猫の世話をしようとはしていなかったけれど、近所に餌をくれる家があるのか、学校の周囲を徘徊している姿をよく目にする。拾ってきた頃に比べて、いつの間にかだいぶ大きくなっていた。今日は雨なので、シャッターの隙間から入り込んでいたのかもしれない。

ほっと胸を撫で下ろす僕とは違って、マツリカさんは平然とした表情だった。猫は暫く様子を窺うように僕らを見ていたけれど、やがてそっぽを向いて、ストーブの近くで丸くなった。

あの夏のことを、思い出す。そして、ほんの数秒前まで抱いていた邪な気持ちを。僕って、ぜんぜん変わっていない。去年の夏からなんにも変わっていないんだ。あのとき、僕はマツリカさんのことをいやらしい視線で見詰めていた。そんなふうに彼女を見る自分がいやで、変わらなきゃいけないと思ったのに。結局のところ、なんにも変わっていない。

マツリカさんを振り返ると、彼女は再び毛布にくるまって、ベッドに横になっていた。怪訝そうに僕を見ている。心の奥まで見透かされているような気がして、頬が熱くなり、僕は俯いた。

あのとき、僕は変わりたいと思ったんだ。

うまく説明できないし、どんな言葉でも言い表せないけれど。

「本当に、気をつけて下さいよ」だから、僕はあのときと同じ言葉を繰り返す。「猫だったから良かったものの、僕じゃなくて、誰かが入り込んできたらどうするんですか……。そんな、無防備な格好で」

マツリカさんはベッドに寝そべったまま、少し不愉快そうに眼を細めた。微かに身じろぎを繰り返すと、毛布に隠れていた下肢が蠢く。シーツの上を滑らせて、白い脚が滑らかに現れる。まるでシュークリームのシューを割って、中から甘くとろけそうなクリームが溢れ出るかのようだった。白い太腿に、自然と目が釘付けになる。その美味しそうな光景に、ほんの数秒前に決心した僕の紳士の心は、早くも打ち砕かれそう。ていうか、下はジャージじゃないの？　もしかして、スカート？　それとも、なにも穿いていないのか？　ど、どうなってるの……。

「前にも言ったでしょう」マツリカさんは眠たげな声を漏らす。「べつに、自分がどうなろうと構わないもの」

「また、そういうことを言って」僕は彼女から必死に視線を背ける。僕をからかうためにわざと脚を出している可能性に気付いたからだった。「ストーブだって、点けっぱなしで……。火事になったらどうするんです？　一酸化炭素中毒で死んじゃっても知りませんよ？」

「寒いのだもの。仕方ないでしょう」

マツリカさんは静かな口調で言った。もしかしたら、本当に風邪でも引いてしまったのかもしれない。今日の彼女は少し気だるい様子で、布団の中から出ようとしなかった。あとで薬局に行って風邪薬を買ってこよう。

マツリカさんは瞼を閉じて、柔らかな腿を毛布の中に戻した。仰向けになり、どこか祈るような表情で呟く。

「けれど、どうせ死ぬなら、見苦しくない死に方がいいわね」

僕はその言葉を聞きながら、彼女のベッドの傍らに居直って正座する。閉じた瞼と乾いた唇を見詰めながら、小さな声で聞いてみた。

僕は、マツリカさんのことをなんにも知らない。彼女が、どうしてこんなところで生活をしているのか。本当の自宅ではどんなふうに振る舞っているのか。どんな問題を抱えて、どんな悩みに苦しんで、どうしてこんな寂しい場所から、一人きりで学校を観察しているのか——。

だから、僕はときどき、猛烈に知りたくなる。切なくなって、求めたくなる。

知りたいと思った。

僕の前から、マツリカさんがいなくなってしまう前に——。

「マツリカさんにも……」それは、いつも言葉になる前に消えてしまう疑問だった。だから、唇から漏れる言葉は掠れて、ひどく聞き取りづらい。それが彼女の耳に届けばいいと思ったし、届かなければいいとも思った。「マツリカさんにも……。生きていて、死にたくなるくらい、つらいときってありますか」

彼女は言っていた。

自分の生命に、執着していないと。

それは、いつ死んでも構わないということ？

だから、こんなふうに、危険に対して無頓着なのだろうか——。

マツリカさんは眼を開いた。

暗がりの中で、漆黒の双眸が、じろりと僕を睨んだような気がする。

「あるわ」

重く、静かな声音だった。

「けれど、それをおまえに話したところで、どうなるというの——？」

3

帰宅すると、家には誰もいなかった。父がいないのは当然としても、母がこの時間に出掛けているのは珍しい。台所の電気が点けっぱなしだったので、すぐに帰ってくるんだろう。

案の定、服を着替えた頃に、車のエンジン音が聞こえた。階下に降りてみると、玄関が開いて母が顔を覗(のぞ)かせる。「ごめんね。裕見子(ゆみこ)ちゃんを駅まで送ってきたのよ」

「裕見子さん、来てたんだ」

従姉妹(いとこ)の裕見子さんは、うちの家族と仲がいいから、ときどき遊びに来ることがある。歳が近い姉さんとは姉妹のような仲で、僕もよく可愛がってもらってる。今日はずいぶんと長話をしてしまったと母は言った。「夕飯、一緒に食べていってもらおうかと思ったんだけどね。あんた達、いつまで経っても帰って来ないし」

一応、夕飯の時間までに帰ってきたつもりだったけれど、そう言われると申し訳ない気分になる。

二階に上がると、姉の部屋が開けっ放しになっていることに気が付いた。当然ながら、姉はいない。電気は消されていたけれど、階段の明かりに照らされて、勉強机の上に広げられた本の存在に気付く。

少し、躊躇(ためら)った。姉さんは、勝手に部屋に入られるのをいやがる人だった。それだけに、部屋の扉が開いたままというのも珍しいし、机の上の見慣れない本にも興味を惹かれる。

息苦しさを感じた。やりたくない仕事をどうしても片付けないといけない。そんなときに似た重苦しい気持ちが胸にのし掛かっている。僕は導かれるように姉さんの部屋に立ち入る。電灯を点けると、机の上に広げられているそれが、高校の卒業アルバムなのだということに気が付いた。どうしてこんなところに置かれているんだろう。裕見子さんが見ていったのだろうか？

卒業という二文字は、僕の胸の柔らかいところを握り潰そうとする。

姉が高校を卒業してから、そろそろ二年になる。僕の高校でも、三年生は卒業する時期だ。僕には三年生の知り合いなんていないから、いつものようにまったく無関係な学校行事で終わるはずだった。けれど、本当に？　本当に無関係で済むんだろうか？

三年生は卒業したら、学校からいなくなる。そう、マツリカさんだって……。

このまま、彼女のことをなにも知らないまま、僕らは離れ離れになるのだろうか。そりゃ、どうせ僕は役立たずだよ。だから、僕はマツリカさんからなにも聞かせてもらえない。なんにも教えてもらえない。どうせ僕にできることなんてなにもないんだから。

なにか抱えるものがあったとしても、僕に話したところで、なんにもならない――。

僕の手は自然と卒業アルバムに伸びていた。罪悪感を胸に、そのページを捲（めく）っていく。そういえば、姉さんの卒業写真って一度も見たことがなかった。姉は極端な写真嫌いで、写りが悪いからと言ってカメラのレンズを向けられるのを嫌っていた。勉強机の上に飾られている姉の写真だって、姉の友人が不意打ちで撮ったもので、ほとんど横顔しか写っていない。我が家にあるのは、中学生時代の写真か、それより古いものばかりだ。

ページを捲って、修学旅行や文化祭の写真をじっくり眺めたけれど、姉が写っているものは一枚もなかった。ここにも写っていないなんて徹底している。うーん、姉さんの写真、見たかったなぁ。

あ、最後の個人写真になら、写っているんじゃないの？

ぺらぺらとページを捲っていく。

姉のクラスは、確かD組だったはず。柴山という名前を探して、指を滑らせる。

けれど、探すまでもなかった。アルバムのページをなぞる指先が、震えて硬く立ち止まる。

唖然（あぜん）として、僕はそのページを見下ろしていた。薄気味悪さに、背筋が冷たくなった。

なんだ、これ……。

姉の写真は、そこにはなかった。

正確には、あったというべきだろう。過去形で表現するのがきちんとくる。

切り抜かれているのだ。

姉の写真があるべき位置が、鋭利なカッターかなにかで、鋭く切り抜かれて、消失してしまっている。かろうじて、彼女の名前だけを残して、消えて無くなっているのだ。

まるで姉さんという存在が、現実からすっぽりと抜け落ちてしまっているかのように——。

4

今朝はうっかりして、携帯電話を家に忘れてきてしまった。文化祭をきっかけに、クラスメイトの何人かとメアドを交換したけれど、僕の携帯が受信するメールはマツリカさんからのものがほとんどだ。授業中であっても容赦なく、うさんくさい怪談を検証するために現場へ行って調べてこいと命令されることがある。そのほとんどは当然ながら空振りに終わる調査で、マツリカさんは懲りもしないで怪談話を追いかけ続けている。

放課後になると、やれ駅まで行ってマネケンのワッフルを買ってこいだとか、コンビニでトマトジュースを買ってこいとか、パシられることが多い。メールに気付かないことがあれば、彼女の機嫌を損ねることになるので、今日は落ち着かない気持ちで授業を受けていた。

マツリカさんのビルを訪ねていいのは、二日に一度だけ。今日はその日ではなかったけれど、なにかメールが来ていてもおかしくはない。放課後になったら、すぐ廃ビルに顔を出した方がいいだろう。

教室で授業を受けている間、僕はときおり窓の方を見詰めていた。この場所からは、あの廃墟ビルの様子が見える。もっとも、高性能な双眼鏡でも使わない限り、室内の様子なんてわからないけれど。

いつの間にかチャイムが鳴って、お昼休みの時間が訪れていた。もしもマツリカさんからメールが来ていたらどうしよう。なぜ命令を聞かないのと怒りの電話が掛かっていたら？　僕は購買でパンを買って教室に引き返した。普段なら、昼食は人目に付かないところで食べる。僕には友達がいないから、教室のように騒がしい場所で食事をする理由なんてない。可哀想に、あいつ、またひとりでご飯食べてるよなんて、嗤いの視線を向けられるのは耐えられない。

けれど、教室のあの場所じゃないと、マツリカさんのいる廃墟ビルを見ることができなかった。だから久しぶりに教室まで戻って、自分の席に着く。携帯がなくて落ち着かなかったせいか、飲み物を買ってくるのを忘れてしまったけれど。

マツリカさんは、今もあの廃墟ビルの窓から、双眼鏡や望遠鏡でこちらを覗いているのだろうか？　それとも、僕の知らないところで、ごく普通の生徒として三年生の教室に通っているのかもしれない。食堂に行けば、友達と話をして笑っている彼女の姿を見ることができるのかもしれない。

教室の男子達から、視線を向けられる。嗤われたような気がして、僕は俯いたまま、焼きそばパンの隅っこを齧る。購買のパンは、ぱさぱさしていて凄く不味い。今日は飲み物がないから、尚更だった。

マツリカさんは、普段、どんなものを食べるんだろう？

そういえば、彼女と一緒に食事をしたことってない。おやつ代わりにケーキやワッフルを買ってくるように言われることは度々あるし、一緒に食べたりもするんだけれど、お昼や夕食を一緒に食べたことはない。どんなものが好きで、どんなものを食べているんだろうか？　あの廃墟ビルで？　それとも、ちゃんと自宅に帰って食べているんだろうか？　彼女の部屋を掃除していると、カロリーメイトの袋やヨーグルトの容器が散らかっていることがある。もしかしたら、まともな食事なんてしていないのかもしれない。

また、男子達がこちらを見て、大きな声で嗤ったような気がした。女子達が、ちょっとやめなよーって言葉を続けている。なにを話しているんだろう。嗤われるのはいやだ。からかわれるのも嫌いだ。同情されるのも我慢できない。僕だって好きで一人でいるわけじゃない。ただ、うまく混じれないだけなんだ。みんなと合わせられないんだよ。つまらないことを言って、場がしらけてしまう空気に耐えきれなくて――。

マツリカさんが、ここにいてくれればいいのに。

彼女と一緒に、お昼を食べることができたらいい。僕はマツリカさんの前でなら、普通でいられる。嗤われるかもしれないって、怯えなくてもいい。空気が読めなくても、話題を無理に合わせなくても、普通に話をして、普通に笑って、そして、無理難題を言いつけられて、そんなのできるわけないじゃないですかって、呆れながら彼女に逆らって――。

その時間は、夢みたいに、楽しい。

生きているって、感じがする。

生きていてもいいって、言われているような気がするんだ。

ここには、僕の居場所なんてどこにもない。息苦しいだけで、耐えられなくて、死んでしまいそうになる。マツリカさんも同じだろうか？　だから学校ではなくて、あの古びた廃墟ビルに自分の居場所を作ったんだろうか？

突然、背中を叩かれた。丁度、喉にパンが通るところだったので、咽せそうになる。

「なんだ、柴山、教室にいるなんて珍しいなー」振り向くと、小西さんだった。眼鏡の奥の双眸をいたずらっぽく輝かせている。「なーに寂しそうに一人でメシ食べてんのー。もうしょうがないなー、あたしが一緒に食べてあげよっか？」

頬が熱くなった。僕は俯いて顔を背けると、小さくかぶりを振る。

「なんだよ、照れんなよ」

今度は肩を小突かれた。僕はむっとして横顔を向けたまま言い返す。

「同情とか、哀れみとか、要らないんで」

「はぁ？　なにそれ？　めんどくさい奴だなぁ」

小西さんは笑いながら僕の机の前に回り込んだ。勝手に前の席の椅子を引き出すと、そこに腰掛ける。僕の机にハンカチで包まれたお弁当箱と水筒を置いて言った。

「いいじゃん。あたしが一緒に食べたいって言ってるんだからさ。今日はあたしも一人なんだ。マリッペ達がさ、三年生、追いかけていっちゃって。もう、なんていうか、あれって一種のお祭りだよね。ジャニーズに夢中になるのを、身近な人間でやってる感じで」

拒絶の視線も気配も、小西さんにはまったく通じないようだった。よくわからないことを一人でぺらぺらと喋りながら、お弁当箱を開けていく。唐揚げに厚焼き卵にソーセージ。意外と凝っている中身で、美味しそうに配置されている。

　僕は仕方なく聞いた。

「三年生、って……？」

「ほら、もう三年生って卒業しちゃうだろ」小西さんは両手を合わせて、お弁当箱を拝んだ。「人気ある先輩とかにさー、今のうちに思いの丈をぶちまけたり、写真撮ってもらったりして、精一杯想い出を作ろうとしているわけ」

「ふぅん……」

　その手の話にはあまり興味が湧かなかった。いつものように気の利いた返事ができなくて、誤魔化すようにパンを齧る。

　小西さんは食事に集中するらしく、それきり黙って唐揚げを齧り、ときどき、僕の方に視線を向けた。眼が合うと気まずくなって、僕はすぐに俯いてしまう。僕を見る小西さんの瞳は大きく、宝石のように輝いていた。こんなに近い距離で、向かい合って彼女の顔を見るのは初めてかもしれない。文化祭のときの、まるでアイドルみたいに可愛い小西さんの姿を思い出す。今日はあのときとは違って、メイクもしていないし、髪も短いし、眼鏡をかけているけれど、僕の心臓はいつの間にか忙しなく脈打っていた。

　どうしよう。うまいことなんてなにも言えないし、面白い話なんてなんにもできないくせに、僕は沈黙が苦手だった。相手が黙り込んでしまうと、つまらないのかな、退屈なのかな、不快じゃないのかなって、心配でたまらなくなる。

「そういうのって……」なにか言わなきゃと焦って、僕は台詞(せりふ)を考えながら口にする。

「みんな、本気だったりするのかな……」

別に、知りたくもなんともない、どうでもいい疑問だったけれど、会話を続けるために口にした。

僕には理解できない。アイドルや、上級生のかっこいい先輩達に、きゃーきゃー言って恋をする情熱なんて。

「だから、まぁ、お祭りだろ」顔を上げると、小西さんはアイドルみたいに可愛く笑っている。「マリッペなんかはそうだよ。べつに本気で想っちゃいないけれど、きゃーきゃー騒いでいるのが楽しいだけで……。あ、でもでも、もちろん、マジで好きになってる子だっているよ。どっちかっていうと、お祭り気分の子が多いってだけでさ」

小西さんは、食事の手を進めたあと、また暫(しばら)くして続けた。

「好きな人のこと考えるのって、やっぱ楽しいもんなぁ。マリッペ達を観察してて思うよ。もう、一日のほとんどを、その人のことだけ考えて費やすの。それってやっぱり楽しいし、幸せだろ？」

「一日の、ほとんどを？」

僕は、拙い合いの手を出す。

「そうだよ。あたしらってば恋に恋する年頃だから。好きな相手を作って、その人のことだけ考えていたいわけ。その人が、どんな食べ物を好きで、どんな映画が好きで、どんな雑誌を読むのかとかさー。好きなジャンプの漫画はなんだろーとか。あたしワンピースならわかるし、話題合うんだけどなーとか！」

そう喋る小西さんは、とても楽しそうで、眩しい存在だった。だから僕はまた俯いて、彼女のお弁当箱を見下ろす。

パンを齧りながら、考えた。

好きな人のことだけを、一日中、考える。

その人のことだけを考えて、一日をその人のために費やす。

どんな食べ物が好きなのか、どんな映画が好きなのか、想像を巡らせる。

そういうのが、好き、っていうこと？

マツリカさんの顔が浮かんだ。物憂げで、尊大そうにしていて、この世のすべてを憂えているような彼女の瞳を。

「なに、柴山、なんか食べたいの？」小西さんの声が、僕の思考に割って入る。「なんかあげよっか？　パン一個だけじゃお腹空くだろ」

「え、いいよ、そんな」

「気にすんなって。ていうか、あたしの方がたくさん食べてる状況ってだけでも乙女心が傷つくし」小西さんは箸で残っている唐揚げを摘んだ。僕の方へと、それを差し出してくる。「はい、あーん」

「えっ……」

椅子ごとひっくり返りそうになる。耳が一気に燃えたような気がした。

「なんて、するか、ばーか！」小西さんはちろりと舌を見せて笑った。「なに赤くなってんの。もー、ほら、手。摘んで食えって」

周囲の目を気にしてしまった自分が恥ずかしかった。肩を小さくして、小西さんから唐揚げを受け取る。一気に、口に放り込んだ。あ、美味しい。

「美味しいね。お母さんが作ってくれるの？」

「今日は、あたしが作った」小西さんは眼を細めて言う。「ほとんどは、昨日の残りだけどね。ウチ、母さんも働いているからさ、食事は当番制なんだ」

「あ、そうなんだ……」

僕は言葉を失って、唐揚げを呑み込んだ。

なんというか、小西さんって、意外と家庭的というか、女の子っぽいというか……。

「なに、柴山、飲み物ないの？　小西家特製ウーロン茶飲む？」

「え？」

唖然としている間に、小西さんは自分のカップに水筒の中身を注いで、それを突き出した。当然ながら、そのカップはさっきまで彼女が飲んでいたカップだった。

小西さんって、こういうの、気にしないらしい。

僕はそのカップを受け取って、恐る恐るウーロン茶を口にする。

美味しかった。

もう、ぱさぱさとしたパンの食感は、どこかへ綺麗さっぱり洗い流されていた。

5

放課後、真っ先に廃墟ビルへ向かった。

今日は陽差しが暖かく、コートを着ていると暑いくらい。冬の終わりを予感させるようで、もうすぐ三月なのだということに気が付く。

三年生は、すぐに卒業だ。

シャッターは、半分くらい開きっぱなしだった。もしかしたらいないのかもしれない。少し拍子抜けしながら真っ暗なビル内に入り込む。四階までの階段を上がっていくのは焦れったく感じる。もっと早く彼女の元へたどり着ければいいのにと思いながら、僕はいつも、この階段を二段飛ばしで駆け上がる。観測部屋を覗き込んだけれど、マツリカさんの姿はなかった。自室にいるかもしれない。更に階段を上って、五階へ。どうしてだろう。息が上がるわけではないのに、胸がどきどきする。もどかしくて、息苦しくて、心臓を掻きむしって、投げ捨ててしまいたくなる。

いつか、と僕は考える。いつかそう遠くないときに、僕はこの廃ビルに立ち入って虚無を感じるだろう。階段を駆け上がっても、彼女の姿は見えないで、優美な白いティーポットも、机の上にある充電器も、あるいはストーブやカセットコンロでさえ、忽然と消失してしまう。

彼女の匂いすら、感じることができなくなる日が、きっと、やってくるのだろう。それは明日かもしれないし、今日なのかもしれなかった。

その予感に押しつぶされそうになりながら、僕は階段を駆け上がる。

「マツリカさん……」

彼女の部屋の戸を開ける。

初めて出会ったときのように、マツリカさんは窓辺に身を乗り出していた。

長い黒髪が冷たい風に靡いて、細かく分かれた毛先が舞い上がる。制服のブレザーの袖から伸びた、白い指先が開いた窓を頼りなく摑んでいた。そこから力を緩めれば、その身体は今にも落下してしまいそうだった。

「なにやってるんですか！」

思わず声を上げながら、僕は彼女に駆け寄った。

マツリカさんは平然とした表情で振り向く。片手に大きな双眼鏡を持っていた。

「望遠鏡の調子が悪いのよ」いつものように、尊大で静かな口調だった。その柳眉が不愉快そうに顰められる。「おまえ、今日は訪ねることを許可していないけれど」

「すみません」僕は謝りながら、彼女が窓から手を離さないかどうか、はらはらと見守る。いつでも手を差し伸べて、彼女の身体を摑めるように構えていた。「そこは謝りますから、とりあえず降りて下さい。危ないじゃないですか！」

「べつに、落ちたところで、死ぬだけでしょう」

そんなふうに、こともなげに言う。

そう、ビルの五階から落ちたって、死ぬだけだ。死ぬだけ。死ぬだけなんだよ。けれど、どうしてそんなふうに、自分の命を粗末に扱うんだ？　どうしてそんなふうに、自分はいつ死んだっていいって顔をしているんだ？

死んだら、それきりなのに。

もう、戻ってこれないのに。

もう、話をすることも、笑うことも、できないのに。

「死んだら僕が困りますよ！　この状況、絶対僕が突き落とした犯人じゃないですか！」

「それも面白そうね」

マツリカさんは窓の外に投げ出している脚を、ぶらぶらと揺らす。肩越しに僕を眺めながら、いたずらっぽく眼を細めると、そのまま身体を窓の外へ倒した。僕は悲鳴を上げながら、彼女の腕を掴む。マツリカさんは、まだ窓枠に手をかけたままだった。

「あ、危ないから、やめてください！」

「どうしようかしら」

今は、辛うじてお尻が窓辺に乗っている状態だった。彼女が窓枠から手を離したり、お尻がずれたりしたら、僕の腕だけで彼女の自重を支えられるかどうか、わからない。

「いいかげん、やめてください！　五階なんですから、落ちたら死なないで痛い目見るだけかもしれないですよ！」

そう言うと、彼女はちょっと考えたようだった。

「ついでに言うと、下校途中の男子生徒が見上げると、パンツ見えちゃいますから！」

僕の腕に掛かる力が大きくなる。落ちる——と一瞬思ったが、その逆だった。彼女は身体を部屋の方に引っ込めて、器用に足を窓辺にかけた。「それは癪ね」と言いながら、僕の方に横顔を向ける。「戻るから、手を放しなさい。誰が触れていいと言ったの」

睨まれて、僕は押し黙った。いつの間にか、ブレザー越しに彼女の腕を摑んでいた。ついでに、腰の辺りも。そう、落下を防ごうとしたのだから、当然だ。なんにもやましいことなんてない。それなのに、僕は頰が熱くなるのを感じた。窓辺に掛かっている彼女の長い脚は畳まれていて、白く柔らかな曲線を強調している。急に、マツリカさんのストロベリーの匂いを感じた。風に揺れる長い髪の毛先が、僕の鼻先を擽るように舞う。ストロベリーとは違う匂いがした。蕩けそうだった。

「落ちないで、くださいよ……」

僕は、そう言いながら、慎重に手を離す。

マツリカさんは、部屋のこちら側に脚を戻す。短いプリーツのスカートが崩れて、一瞬、綺麗に揃えられた太腿の奥が覗きそうだった。僕はシャッターボタンを押しっぱなしにする小西さんのことを思い出しながら、じっとそこを凝視していた。残念ながら、決定的な一枚は撮れなかった。

「それで、おまえ、今日はなにをしに来たの？」

はっとして見上げると、マツリカさんは首を傾げて僕を眺めているところだった。

答えに窮していると、風が冷たかったのだろう、マツリカさんは窓を閉めた。

「えと……。今日は、携帯を、忘れちゃって。それで……」僕はしどろもどろになりながら答える。「もし、なにか用事があってメールを貰っていたのだとしたら、ええと、悪いなって思って」

「あら、そう」

そっけなく、マツリカさんはそう言う。肩に掛かっている髪を払いながら言った。

「べつに、メールなんてしていないわ。無能なおまえごときに、いちいち用があるわけではないのよ」

そうですか、そりゃすみませんね。すみませんでした。

「間抜けな顔で走ってくるから、どんな用事があるのかと思ったわ」

「えっ、見てたんですか？」

「無論、たまたま見かけただけよ」

マツリカさんは手にしていた双眼鏡をベッドに投げ捨てた。そのまま、自分もベッドに横になる。勢いが付いたせいだろう。長い黒髪が、綺麗に扇状に広がった。紺のソックスを穿いた脚が持ち上がり、引っかかっていたローファーが床に投げ出される。

僕は自分の居場所を求めて、静かにベッドの脇を歩いた。彼女の細い脚を眺めていたら、またむらむらとしてしまいそうだ。マツリカさんから眼を背けて、粗大ゴミ置き場から拾ってきたちゃぶ台に移動した。冬は暖房のない部屋だと勉強ができない。けれど、唯一ストーブのあるこの部屋には、マツリカさんの机しかなかった。仕方なく、重たい思いをして拾ってきたちゃぶ台。最近は、ここにノートを広げて、マツリカさんに勉強を見てもらっている。がらくたが散らばっている二階の部屋で発見した座布団を敷いているので、そこそこ快適だ。

そうだよな、と思う。べつに、毎日メールが来るわけじゃない。よくよく考えたら、メールが来る日の方が、珍しかったのかもしれない。

そのメールは、あまりにも、僕の日常を、これまで感じたことのない異世界へと誘ってくれたから。

この場所に。彼女の元へ。

どんなに面倒な仕事でも、どんなに辟易するような要求でも。

楽しかったんだ。

僕が生きている毎日を、彩ってくれたんだ。

本当の僕の日常は、ただ、学校に行って、誰とも喋らないで、部活もしないでまっすぐ帰るだけ。勉強もできなくて、やる気もおきなくて、人と話すことがどうしても苦手で、だから、薄暗くて、じめじめしていて、憂鬱な日々で……。

本当に、たまたまなんだ。たまたま、マツリカさんがいてくれたから。たまたま、彼女からの無茶な要求があるから。

生きていて楽しいなんて、錯覚してしまう。

マツリカさんを見る。彼女はベッドに仰向けになっていたので、この場所からは表情が窺えなかった。うさんくさい怪談を調べているときじゃなければ、僕はこんなふうに勉強をして、ときどきマツリカさんが話しかけてくれて、そして問題を見てくれて、難しいところを教えてくれて、いじわるな問題を、即興で作ってみせてくれる。

そして、僕らの世界を双眼鏡で観察している奇妙な魔女は、自らの棲まいであるこの廃墟ビルで、謎めいた不思議なできごとを、瞬く間に解きほぐしてみせる。

本当に、一日を費やしているなぁ。

朝から、今に至るまで。僕はずっと彼女のことを考えている。彼女のことが頭から離れなくて、たくさんの想像をぐるぐると巡らせていて。

マツリカさんは、僕のことをどう思っているのだろう。たとえば、僕がいなくなったとしたら、どうだろう？　メアドも電話番号も変えてしまって、二度とこの廃墟ビルに近付かなくなったとしたら？　マツリカさんは、なんとも思わないだろうか？　お菓子やおやつを買ってきて欲しいときは、どうするんだろう？　興味のある怪談を聞きつけて調べたいときは、誰に頼むんだろう？　自分で灯油を買ってきて部屋まで運ぶんだろうか？

それとも、僕じゃない誰かを、その魔力で虜にして、新しい下僕にするだけ？

そんなの。

マツリカさんが起きる気配がなかったので、僕は鞄から教科書とノートを広げた。今日出された宿題をさっさと片付けてしまおうと思った。マツリカさんに勉強を見てもらっているおかげで、最近は国語以外の授業の理解力が上がったような気がする。

「マツリカさんは……」ふと、気になって聞いてみた。「大学って、どこに行くんですか」

当然、進学だろうと思った。この人が就職するなんて欠片も想像ができない。

「そうね」と姿勢を変えないまま、マツリカさんは言った。それから、有名な大学の名前を幾つか並べる。いずれも都内にあって、ここから通うには遠すぎるだろうと思った。

そう。遠すぎる。

どんなに手を伸ばしても、届かないくらいに、遠く。

僕の生活から、僕の日常から、消えてしまうんだと思った。気付けば手にしたシャーペンが小刻みに震えていて、ノートに書き込んでいた数式が歪に歪んでいた。マツリカさんが解き方を教えてくれた問題だった。いつも夜遅くまで、このちゃぶ台で肩を並べて、マツリカさんは丁寧に教えてくれる。溜息を漏らして、酷い言葉を並べて、役立たずと罵って。それでも、マツリカさんは僕の隣にいてくれる。この場所にいることを、赦してくれる。

僕を、見てくれている。

ペンを握りしめる手に力が籠もった。何度も芯が折れて、なかなか問題を解くことができなかった。何度も何度も、折れる。芯が折れて、書けなくなる。わからなくなる。明日はどうなるんだろう。明後日はどうなるんだろう。来月はどうなるんだろう。いつ、いなくなってしまうんだろう。もう会えなくなってしまうんだろうか？　僕はまた一人きりになるんだろうか。マツリカさんのことを、なにも知らないままで——。

どうして、僕は役立たずなんだろう。

何も言わないまま、僕の前からいなくならないで欲しい。

少しでもいい。

つらい気持ちを抱えているなら、話を聞かせて欲しかった。

マツリカさんの、役に立ちたかった。

「柴犬、退屈だわ」不意に、マツリカさんはそう呟いた。僕は慌てて顔を上げて、きつく閉じていた唇に気付かれないように、情けない笑顔を浮かべる。「おまえ、なにか面白い話はないの？」

マツリカさんは身体の向きを変えて、こちらを見ていた。愁いを帯びた白い顔。眠そうな瞼が半ば閉じている。

「面白いこと、ですか」

「そう。退屈で死んでしまいそう。ここのところ、新しい怪談の話も耳に入らないし、おまえも事件を引き連れてはこないし」

残念ながら、僕は探偵漫画の主人公のような特異点ではない。そうそう不思議なできごとに遭遇してたまるかと思った。

「なにか面白い話を知らないの？」

「面白い話と言われましても……」

学校で、なにかあっただろうかと記憶を探る。けれど、マツリカさんが喜びそうな話題は見つからない。たとえば先月の怪人ニャーゴニャゴ騒動や、去年の文化祭のアリス事件のような話は、そうそうあるもんじゃない。

「今すぐ欲しい」

「え？」

「今すぐに」

さながら、わがままを言う令嬢のようだった。ベッドのシーツに頬を寄せた顔で、高慢そうな瞳(ひとみ)が僕を見詰めている。

「いきなりそう言われても無理ですよ。ううーん、僕だって、できれば、マツリカさんが興味持ちそうな話には、なるべく気をつけるようにはしていますけれど……」

「現在進行形の問題でなくとも構わないわ。おまえが体験した、過去のできごとでも、仕方がないから妥協してあげる」

「妥協って……」

「そうね。せっかくだから、勝負をしましょう」

マツリカさんは身体を起こして、しなやかな白い脚を虚空に投げ出した。するりと伸ばしたそれをゆっくりと床に着地させて、寝台に腰掛ける姿勢を取る。

「勝負、ですか？」

うまく話を飲み込めなかった。

「おまえが、いつものように、わたしに不可思議な謎を語って聞かせるの。その謎をわたしが解くことができたら、わたしの勝ち。解くことができなかったら、おまえの勝ち。褒美に、おまえの言うことをなんでも聞いてあげるわ」

シャーペンの芯が折れた。

いつものように、無理難題に辟易しながら、そんなの無理ですよ、無茶苦茶ですよと返そうとしたところだった。けれど僕は、シャーペンを動かす手を止めて、マツリカさんを見上げていた。

「なんでも、ですか……？」

「そう。おまえの、どんな要求にも、大人しく聞いてあげる……」

そう言いながら、マツリカさんは妖艶(ようえん)に微笑んでみせた。白く柔らかな脚を組んで、後ろ手にシーツに手を突ける。ブレザーの衿が広がって、白いブラウスの表面積が増す。そこにある膨らみを強調するような姿勢だった。その双丘の間に、臙脂色のネクタイが滝のように垂れている。

　天地がひっくり返ったようだ。目が回るほどの動揺を堪えながら、僕は駆け巡る想像と妄想に喉を鳴らす。たとえば、去年の秋から散々妄想してしまった、マツリカさんのメイド服姿なんてどうだろう。天地がひっくり返っても拝めないと思っていたが、急に現実味を帯びてきた。一日、メイド姿でご奉仕してもらうってのはどうだろう。ご、ご奉仕って、なにをだよ。ちょっと、なにを考えているんだ柴山祐希……。いや、それこそ、拝めないところを、拝めてしまうのでは？　あの、ジャージのファスナーをそっと下ろしていくように。あるいは、どんな角度からでも覗くことのできない不思議な構造のプリーツを、そっと捲り上げるように。

　いやいや、まてまて。

「僕が負けたら？」

　妄想の世界から戻って、僕はそう聞いた。

「そうね」と、マツリカさんはいたずらに眼を細める。「せいぜい、恥辱に塗れた顔を晒して、努力をすることね」

　なにをさせられるのだろう。危険な薫りがした。

それにしても、マツリカさんにも解けない問題を出す——？　それはそれで無理難題だった。

「その不思議なことって……。実際にあったことですか？　それとも、僕の作ったクイズとかでも？」

「どちらでも構わないわ」

そうは言ったものの、僕にはクイズを考える知恵はないし、どちらにせよ僕に作れるものなら、マツリカさんはたやすく解いてしまうだろう。ど、どうしよう。せっかくのチャンスなのに、こちらには勝負に出るためのカードがなんにもない——。

「つまらないわね。なにもないの？」

マツリカさんは眠たそうだった。飽きて、そのまますぐにベッドへと倒れ込んでしまうかもしれない。

正直なところ、迷いは大きかった。

けれど、勝負に勝てば、どんな要求でも、聞いてくれる……。

「ほ、本当に……。その、どんなことでも、聞いてくれるんですか？」

「ええ」

「聞くだけで、実行しないとか、そういういじわるはなしですよね？」

彼女は鼻で笑って答える。

「もちろん」

僕はちゃぶ台の上に乗せた自分の両手を見下ろした。掌を開いて、そこに溜まった汗を感じながら、震えを堪えた。

どうしよう。頭を過ぎるのは、暴かれるのではないかという大きすぎる不安だった。そこをときどき、マツリカさんのメイド姿とか、ナース姿だとか、そういう邪な映像が過ぎっていく。

もし負けたとしたら、僕の失うものは大きいだろう。

けれど、僕はもう、決めていた。

これは、勝負だった。

「それじゃ、話します。昨日のことなんですけど、少しだけ、不思議なことがあったんです」

僕は、昨日のことを話した。

姉さんの、卒業アルバムのことだった。

6

「おまえの姉の卒業アルバムから、なぜ写真が切り抜かれていたのか——」

マツリカさんは、思索するように視線を天井に向けていた。

「はい。この問題でどうですか？」

「おまえの姉には、アルバムのことを聞いたの？」

「いえ。聞かなくても、僕には答えがわかったんです」

そう。これは僕が自分で解くことのできる問題だった。疑問に思うまでもなく、よくよく考えてみれば当然のことだった。けれど、マツリカさんには、どうだろう？僕にとっては当たり前の事実でも、彼女にとっては不可思議な謎に見えてくるんじゃないだろうか——？

「僕は答えを知っていますから、マツリカさんの推理が正しいかどうか、きちんと判断できます。どんなことも、今までみたいに聞かれればちゃんと答えますし、嘘はつきません。さっきの話も、なるべく記憶通りに話したつもりです。マツリカさんの推理が正しかったときは、誓ってきちんと負けを認めます」

「いいわ」マツリカさんは頷いた。「とても、面白そうよ」

彼女は、それからすぐに瞼を閉じて、シーツに手を突いた姿勢のまま、暫くじっとしていた。その唇が、疑問を囁く。

「写真を切り抜く……。なんらかのかたちで利用する必要があったのかしら。けれど、証明写真の類は、本人が撮影を行えば事足りる……。そうなると、アルバムから取り除くことが目的だったのかもしれないわ」

いつもなら、僕の話を聞いてすぐに、マツリカさんは答えを導き出してしまう。けれど、今回はさすがの彼女も思考の迷路に迷い込んでしまったらしい。手応(てごた)えを感じながら、僕はじっと彼女を見守った。マツリカさんは、まるで眠るように瞼(まぶた)を閉ざしたまま、思索に耽(ふけ)っている。

どうだろう？

この問題すら、解かれてしまうだろうか——。

長い沈黙を置いて、マツリカさんは瞼をうっすらと開く。

「ひとつ、質問があるわ」

「なんですか？」

心臓が、張り裂けるような気がした。

「問題とは、関係のないことよ」

僕はいぶかしんで、彼女を見詰め返す。

「姉がいる、というのは、どんな気分？」

「え……」

質問の意図が読み取れずにいると、マツリカさんは探るように遅々とした口調で続ける。まるで、世界で初めて不思議なものを眼にして、戸惑っているかのような表情に見えた。

「姉に対して……。弟というのは、どんな気持ちでいるのかしらと思って」

「べつに……」僕はうまく答えられなかった。なにせ僕は極度のシスコンだ。そのことは、マツリカさんだってわかっているだろう。「悪くないですよ。その……。僕は、姉がいて、良かったなぁって思いますけれど」

「そう」

彼女は頷いた。僕の答えに満足したわけではなかったのだろうけれど、瞼を閉ざして、それから、もう一度、僕を見詰めた。

「降参よ」

彼女は、そう告げる。

「えっ……」早かった。僕は何時間でも待つつもりだったのに。「本当に？　もう降参ですか？」

「ええ」マツリカさんは頷いた。「このわたしがすぐに解けないということは、なんらかの情報の欠損か、発想の欠如があるのに違いないわ。だから、これ以上考えても無意味でしょうね」

「質問されれば、なんだって答えますよ？」

「おまえは、解答に至るのに必要な情報を、充分に提示しているもの。これ以上訊ねることはないわ」

　どうしてそう言い切れるのだろう。

　僕が情報を出し惜しみしている可能性を、考えていないのだろうか？

「それじゃ……」僕は、震える声で言った。「僕の、勝ち、ですね……」

「ええ」マツリカさんは黒い瞳を細めて頷く。顎を上に向けて、唇から白い歯を覗かせた。「癪だけれど、おまえの勝ちね。褒美はなにがいいの？　このわたしに、どんなことをして欲しいのかしら？」

　汗に濡れた手を、制服のスラックスに擦りつけた。僕は座布団から腰を上げて、ベッドに腰掛けるマツリカさんに近付く。

　長い黒髪に、吸血鬼みたいに白い美貌。蠱惑的な唇から微かに覗く、小さな真珠のような歯。頑なな宝石に似た黒い瞳。彼女は、待ち受けるように、瞼を閉ざす。

「おまえの、願いを聞いてあげる」

　夢のような言葉を、桜色の唇が囁く。

　まだ、少しだけ迷っていた。メイド服は絶対に見たいし、けれど昨日、マネキンのナース服を見たせいか、ナースもありかなとか思っている。どれにしよう。なんにしよう。僕の願望は、尽きなくて。きっと、ずっとずっと一緒にいても足りないくらいに、多すぎて。

「マツリカさん……」

僕は、無防備に瞼を閉ざしている彼女に、手を伸ばす。

どこに触れるのも自由だった。

その滑らかな頰も、柔らかな唇も、胸にある二つの膨らみも、プリーツから伸びる白い脚も。

触れたいと思った。

小銭を受け取るときの、小さな接触じゃなくて。

身投げを引き止めるための、ブレザー越しの感触じゃなくて。

もっと柔らかくて、大切なところに、触れたいと思った。

「マツリカさんに、触って、いいですか？」

声は掠れていた。

僕の問いかけに、マツリカさんは瞼を閉じたまま小さく頷く。

僕は、震えそうなほどに緊張している指先を広げた。

僕の願い。願望。求めているもの。

たくさんあって。ありすぎて。

彼女の髪に、指が触れた。

絹のように滑らかな感触が、指の腹に伝わって返る。

僕は、彼女の頭頂部を、そっと撫(な)でた。

子供の頃、こんなふうにして、姉さんに慰められた。

温かな想い出が、蘇(よみがえ)る。

「もっと……。自分を、大切にしてください」

緊張に呼吸が止まりそうになりながら、それでも、僕は言った。彼女は眼を閉じたまま、微かに柳眉(りゅうび)を動かす。

「寝るときは、ちゃんと鍵(かぎ)をかけて下さい。チェーン錠くらいなら、僕でも付けられると思いますし、あとでホームセンターで買ってきますから」

うっすらと、マツリカさんが瞼を開いた。

疑問を浮かべた黒い瞳が、僕を見上げる。

「あと、窓辺に腰掛けるのも禁止です。本当に落ちたらどうするんですか」

彼女の眉(まゆ)が、不愉快そうに形作られていく。言い返される前に、僕はまくし立てた。

「それと……。僕じゃ、だめかもしれないですけど。ぜんぜん、役に立たないかもしれないですけど。なにか、つらいことがあったときは、言って下さい。なんでも一人で抱え込もうとしないで、僕にもきちんと話して下さい。マツリカさんは、いつだって僕の気持ちを聞いてくれるけれど、でも、マツリカさんのこと、僕、なんにも……。なんにも……」

好きな人のことは、なんでも考えたくなる。なんでも気になってしまう。色々な想像を巡らせて、一日中その人のことばかり考えてしまう。

もし、その感情を恋と呼ぶのなら、
僕はきっと、この蠱惑的な魔女に、恋をしているんだと思う。

なにが怖かったのか、僕の瞼は痙攣（けいれん）するように震えていて、彼女を見詰めることができなかった。

「それが、おまえの願い？」

「はい」

それだけでいい。

今は、それだけでいいから。

「駄目よ」

拒絶の言葉に反応して、きつく瞼が閉じる。

彼女に触れている自分の手が、離れた。

「聞いてあげる願いは一つだけ」高慢な魔女が、微かに鼻で笑ったような気がした。

「だから、最初の一つを赦してあげる」

離れようとした僕の手を、温かな感触が包み込んでいく。触れた細胞が微細に振動して熱く燃え上がり、僕の心臓にまでその疼（うず）きが伝わってくるかのようだった。眼を開ける。マツリカさんは、片手で僕の手を摑んでいた。僕が力を抜けば、するりと抜け落ちてしまうくらいに、弱々しい力で。

細められた切れ長の眼が、僕を見上げていた。ピンクの唇が、愉快そうに歪められている。

手が、彼女の頰に導かれていく。

妖艶な魔女は、僕の手を自身の頰に押し当てた。冷たい頰だった。

僕は、喜んでいいのかどうかわからないで、ただ呆然と彼女を見返す。

ずるいなぁ。

一つだけなんて、でも、きっとそう返すだろうなって、わかっていた自分が、どこかにいる。

僕はマツリカさんのこと、なんにも知らないけれど。それでも、わかることって、あるみたいだ。

彼女は眠るように眼を閉じた。恍惚としたようにも見える表情を浮かべて、僕の手に頰を擦りつける。背筋を奇妙な感覚が這い上がっていった。

「この問題を提示したことを、褒めてあげる」

僕は、抱えた弱々しい心を、熱く燃やされるような予感を感じて、彼女を見返す。

「いつまでも、逃避を続けることはできないもの。褒美に、願いの最後の一つも、叶えてあげましょう」

逃避？

なにを言っているんだ、と僕の唇が訴える。

身体が凍てついたように硬直して、息ができない。

マツリカさん、なにを言っているんだ？

もしかして――。

「その前に、わたしはおまえの話を聞かなくてはならないわ」

彼女は、そう言って瞼を開く。長い睫毛が花咲くように開き、中央の鈍く光る黒曜石が、ランプの明かりに照らされて燃えるように輝いていた。

「写真を切り抜いたのは、おまえの家族ね？」

マツリカさん――。

ああ、言わないで。

言わないで。

逃れようとしたのに、僕の腕は金縛りにあったかのよう。彼女の手に弱々しく捉えられたまま、ぴくりとも動けない。

「おまえの姉は、横顔の写真しか残していない。遡れば、もっとあるのでしょうけれど、だいぶ幼い印象のものになってしまう。けれど、どうしても写真が必要となる事態に遭遇して、有無を言わさずに、卒業写真を切り取って使う必要があった。原板を手に入れる時間もなかったのでしょう。これまでのおまえの話を統合すると、答えは自ずと限られてくる――」

ずるいよ。

わかってるのに、わからないふりを、していただなんて。

お願いだから、言わないで――。

食い込むような痛みを、彼女の頬に触れた手に感じる。

マツリカさんは、僕から視線を背けずに、冷たく告げた。

「それは、おまえの姉の、遺影となった――」

7

言葉はまるで槍みたいに降り注いでくる。

「もう半年以上も前のことだけれど、初めておまえの携帯電話を手にしたとき、発信履歴を覗いたわ。そのときにも触れたけれど、おまえは過剰なほどに、繰り返し姉の携帯電話に発信している。毎日、ほとんど同じ時間帯で、昼休みと放課後にかけているのがわかった。その規則的すぎる時間は、とても奇妙に思えてよ。おまえの姉が学生なのか、社会人なのかはわからなかったけれど、毎日、同じ時間帯に電話を受けなければならない状況というのは、想像が難しいもの。相手にも都合のつく時間と、そうでない時間くらいはあるわ。目覚まし代わりに発信している可能性も考えたけれど、一日に二度も発信しているとなると、その可能性も薄らぐ。結局、おまえが昼休みと放課後の空いている時間に、一方的に発信しているのだと結論づけた。その証拠に、おまえの受信履歴はまるで空っぽだったわ」

長ったらしい説明だ。そんな昔のことまで掘り返されるなんて、思ってもみなかった。

僕はいつの間にか、マツリカさんの頬から手を離していた。膝を床に着け項垂れて、彼女の紺のソックスの爪先を、じっと眺める。だから、声は空から降り注いできた。雹のように激しく音を立てて弾けるそれは、僕の頭や肩を貫いて、身体の奥底までを痛めつけていく。

「以前に、おまえのことを女々しい顔をしていると言ったら、近所の人間に姉と見間違えられて驚かれたと言っていたわね。なるほど、おまえの白くて華奢な顔は、髪を伸ばせば女と見間違えても不思議はないわね。まして、姉弟なら、似ているのは当然。けれど、それを見間違えた人間が、驚いた上に、逃げて去って行くというのは、どういうことかしら——。誇張にしては状況に似合わない言葉よ。わざわざ逃げるようなほどの衝撃があったとしか思えない。そう、たとえば、死んでいるはずの人間が、化けて出たように見えたのかもしれないわ」

なんだ、と思った。

そんなところで。

そんなくだらない話で、ボロが出ていたなんて。

「おまえの従姉妹が買ってきたという土産のストラップもそう。裕見子はストラップを三つ買ってきたそうね。その中から、おまえが最初に選んだ一つが、あの宇宙生物だった。ところで、おまえの話には、母親と父親、姉の存在が語られている。今日の話を聞く限りは、両親とも存命していることがわかったわ。そうなると裕見子が買ってくるべき土産が、ひとつ足りない。男性であるおまえの父にストラップは不似合いと考えて、別の土産を買ってきた可能性も考えられた。けれど、土産を受け取ることができないから、買ってこなかったという可能性も、捨てきれない——」

もういいですよ、と僕は掠れた声で呟く。

「これらを踏まえた上で、今日のおまえの話を聞くと、導き出される解は一つしかない。おまえの姉は、既に逝去している。生前の写真で残っているものはほとんどなく、かろうじて卒業アルバムにその一枚が残っていた。おまえの姉の部屋に飾られているという写真は、横顔しか写っていなかったようね。写真嫌いの人間が、自分の写っている写真を自室に飾るというのは考えにくい。けれど、当人ではなく、第三者が飾ったのなら納得ができる——」

姉さんの写真は、本当に、ほとんど残っていなかった。

遊園地で撮った写真と、卒業アルバムに残っていたものだけ——。

「今は写真加工の技術が優れているから、正面から撮った写真ならば、それらしく加工することができる。けれど横顔しか写っていないのなら、それも無理な相談ね。その点、卒業アルバムの個人写真は最適な素材になりそうよ。スキャナを所持していないのなら、その写真をアルバムから切り取って使うしかない。結果、おまえの姉の写真は、アルバムから刈り取られて、消失してしまった——」

僕はなにも言えないまま、身体中を巡る血がうねり、沸騰しそうになるのを意識して、拳(こぶし)をきつく握りしめる。

「おまえは、姉の遺影を見ていないの？　どうして、見ようとしなかったの——？」

結局のところ、最後まで、なにもかも、僕は彼女に見透かされていて。

「僕は……」ようやく開いた唇はかさかさとしていて、乾いた唾液(だえき)の感触が気持ち悪かった。「納得、できなかったんだ……。わけが、わからなかったんだ……。だって、いきなり、死んじゃうなんて、意味がわからない。姉さんは、昨日まで笑ってたし、僕と一緒にテレビだって見ていたし、本だって貸してもらったし……」

「おまえの姉は、何故、亡くなったの？」

「自殺です」

息が震えていた。気付くと、僕の肩は喘いで呼吸を求めるように、大きく上下している。下腹部の辺りが痙攣を起こして、滑稽な腹芸をするみたいに揺れていた。

「でも、違います。わからないけれど、違うんです」自分でも、なにを言っているのかよくわからない。うまく説明できないもどかしさに喘ぎながら、途切れ途切れに訴える。「自殺って、判断されたけど、わかりません。なんで死んじゃったのか、わからないんです。走ってるトラックの前に、いきなり飛び出してきたって……。見ている人がたくさんいて、事故じゃなさそうだって判断されて」

「そう」

マツリカさんは、そうとだけ言って、それきり黙った。

僕は彼女の爪先に視線を落としたまま。

本当に、わからない。

わからないんだ。

どうして、姉さんは死んでしまったんだろう。

なにか苦しいことがあったの？　悲しいことがあったの？　胸が張り裂けそうで、生きているのに耐えきれないほど、つらいことがあったの？

もし、そうだとしたら、なんで、なんにも言ってくれなかったんだよ。

意味がわかんないよ。

堪(こら)えてきた感情が、湧き上がって、膨れて、破裂しそうになる。

なんなんだ。どうしてみんな、そんなふうにひとりで抱え込もうとするんだ。どうしてなんにも言わないでいるんだよ。

言わなきゃわからないのに。伝わらないのに。話を聞いてくれる相手なんか、いくらでもいるんじゃないのかよ。僕だって、もしかしたらなにか役に立つことがあるのかもしれないのに。どうしてなにも言わないで行っちゃうんだよ。

マツリカさんだってそう。マツリカさんだってそうだ。どうして、僕にはなんにも教えてくれないんだ？　どうしてそんなふうに言うんだよ。自分が死んだっていい？よくない。ぜんぜんよくない。僕はぜんぜんよくないんだ。自分が死んだっていいなんて言う奴らは、他人の気持ちを考えたことあるのか？　そんなの自分勝手じゃないか。あとに残された人間はどうすりゃいいんだ？　僕はそんなに無力で頼りないのかよ。本当に、本当に、どうして、僕にはなんにも言ってくれないんだよ！

「つらいことがあるなら、言えよ……。死んじゃったら、もう取り返しがつかないだろっ。なんでそんなふうに、簡単に死のうとするんだよ！　自分から死ぬなんて最低だよ！　僕はどうしたらよかったんだよ！　なんにも気付かなかった僕が悪いのかよ！　言ってくれなきゃ、なんにもわからないだろう！　僕はっ、僕はっ……！」
いつの間に喋っていたのだろう。わからない。支離滅裂だと思った。気が付いたら、すべてが霞んで濁った世界の中で、僕の周囲を護る結界ががらがらと崩れていく音を聞きながら、叫んでいた。訴えていた。この世の中は最低だって吠えていた。自分の無力を他人のせいにして、嘆いていた。
そんなことをしたって、姉さんは帰ってきてくれないのに。
認めたくなかった。
僕にとって、この世界が生きにくいという事実も、
自分自身が、無能で無力で最低な奴だっていうことも、
姉さんが、死んでしまったということも、
彼女が抱えていたものに、微塵も気が付かなかったことも、
なにもかも、認めたくなかったんだ。
だって、自分が、ほんの少しよそ見をしていただけで、大切な人が死んでしまって、もう二度と取り返せないなんて。
そんなの、理不尽だよ。あんまりだよ。
そんなのは、つらすぎる。
「祐希」

そう名前を呼ばれたような気がする。

空から聞こえる声を、僕は見上げていた。涙が伝って濡れている頬を、両側から優しく挟んでくれるぬくもりに気が付く。

何度か瞬きを繰り返すと、次第に世界が鮮明化していき、マツリカさんの顔が浮かび上がってきた。この世のすべてを憂えている表情で、黒い瞳が僕を見下ろす。

マツリカさんは、小さく唇を開いた。なにかを言おうとしているのだと思った。珍しく、彼女はその言葉を見つけられないらしいということがわかった。

全部壊れてしまった気がする。この一年間、ひたすらに守り抜いて、秘密にし続けている部分が、呆気なく決壊した。そこに楔を打ち込んだのは、誰だろう？　僕だろうか？　魔女の言葉だろうか？　わからない。醜く惨めに抱えていた後悔が洪水のように流れ、乾くことのない涙となり汗となり、僕の細胞の一つ一つから吹き出して、身体中から溢れていく。

そんな僕を、マツリカさんはじっと見詰めていた。

「僕は最低なんだ」喉はからからで、滲み出る言葉は醜く潰れている。僕の嫌いな自分の声。声だけじゃない。僕は僕のすべてが嫌いだった。女々しい容姿、勇気のない祐希という名前、無能で無力で役に立たない頭と、すぐにいじけて殻に閉じ籠もる脆弱な精神。すべてが最低だ。「僕は、今でも姉さんがどうして死んじゃったのかわからない。きっと、この先もずっとわからないんだ。なんにも気付いてあげられなかったんだ」

ときどき、その答えを聞きたくて、姉さんに電話をかける。もちろん、携帯電話は解約されていて、その電話番号は使われておりませんとメッセージが返ってくる。

けれど、どうしても、確かめたかった。

知りたかったんだ。

気付いて、あげたかったんだ。

「柴犬」

僕の顔を挟んで、マツリカさんはそう呼びかける。祐希と呼ばれたのは気のせいだとわかった。

「わたしは、おまえの姉の代わりではないわ」

そんなの知ってる。そんなの、知ってるよ。

「けれど、おまえと一緒に、その問題を考えてあげましょう。答えが導き出されるまで、おまえと同じように、それを命題として共に考えてあげる」

眼を閉じた。とても柔らかで、優しい感触に包まれたような気がした。僕はそれに縋り付いて、甘い匂いを吸いながら、涙を零す。

もう取り戻せないもの。見逃してしまったもの。僕を責め立て、身体を焦がして心を溶かそうとする、厳しい灼熱のように悲しい現実。どうしようもなく生きづらくて苦しいこの世界の中で、優しく包んでくれるぬくもり。僕は何度も叫び、何度も喘いで、醜く嗚咽を零した。

「わたしに話をしてくれて、ありがとう」

マツリカさんの言葉が、すぐ近くで耳を擽った。

そう。結局、一人で抱えて、なにも言わないでいるのは僕も同じなんだ――。

たぶん、僕は彼女に砕いて欲しかった。

あのとき、部屋に閉じ籠もってから、停止していた時間の束縛を――。

僕は彼女の名前を呼びながら、ひたすら情けなく泣き続けていた。

8

三年生の卒業式が終わって、学校は少しばかり寂しくなったような気がする。

卒業式は、三年生の名前が呼ばれる度に耳を澄ましていたけれど、どの子がマツリカさんなのかはわからなかった。結局のところ、彼女の本名もクラスも知らないのだから、仕方がない。中学の卒業式のときみたいに壇上に上がってきてくれれば別なんだけれど、この高校の卒業式は、壇上で卒業証書を受け取るのは代表ひとりだけだった。

あれから、廃墟ビルには足を運んでいない。

単純に、会うのが気恥ずかしかったというのもあるし、がらんどうとなった部屋を見るのが怖いというのもある。僕にはまだ、きちんと受け入れなくてはいけない事実がたくさんありすぎて、現実に一つ一つ対応するので右往左往している。

本当は、知ってるんだよ。

教室のみんなは、わりと優しいんだってこと。

僕のことを構ってくれる小西さんと過ごす時間は、とても贅沢で、楽しい日々だっていうこと。

世界は、それほど最低じゃない。

ときどき、悲しい事実に打ちのめされて、ふさぎ込むこともある。涙ばかりが溢れて、どうしようもなく叫びたくなることもある。

それでも、この世界は、そんなに生きづらいわけじゃない。

本当は、知ってるんだ。

だから、僕はそれを一つ一つ受け止めていかないとならない。

今日は陽差しが眩しく、春を感じさせる暖かな風がそよいでいた。僕は昇降口を出てから、門までの道を力なく歩いていく。当然ながら、彼女からのメールは来ない。

怪談を探そうとしている女の子はもう卒業してしまった。その胸にどんなつらい現実を抱えているのか、僕に伝えることもなく。

だから、僕はいつもより緩やかに歩く。ワッフルを買いに行く必要もなく、それを急(せ)かすメールもない。それなのに、僕はときどき携帯電話を取りだして、メールを受信していないかどうか、繰り返し確かめる。受信ボタンを押して、メールを問い合わせて。期待なんてしても無意味なのに、肩を落として溜息(ためいき)を漏らす。

彼女と一緒に過ごした一年は、本当にあっという間だった。僕は、もう二度と彼女の無茶な要求に従わなくていいし、重労働をさせられることもない。

それなのに――。

校門を出て、廃墟ビルを見上げる。陽差しが眩しかった。なぜだろう。寂しいなんて考えちゃ駄目なはずだった。それなのに、唇が歪(ゆが)んで気持ちが溢れ出そうになる。

初めて、このビルを見上げたときは驚いた。なんたって、女の子が自殺しそうになってるんだから。僕らしくなく、慌てて止めに入ったのは、やっぱり姉さんのことが頭にあったからなのかもしれない。

太陽の光はぎりぎりと眩しい。僕は眼を細めて、ビルの五階の窓を見上げる。

窓が開いていた。

陽光を反射する小さな輝きを見つける。眩しくて、詳しい様子はわからなかった。

そのとき、僕は自分がとんでもない思い込みをしているんじゃないかってことに気が付く。

写真部の部室で、小西さんは言っていた。三年生の教室に行くとき、マツリカさんを見たことがあると。先輩も言っていた。この人って、三年生だよって。マツリカさんが三年生なのは間違いないだろう。

けれど、あの人、本当にちゃんと学校に通っていたのだろうか？　いや、当人はあの廃墟ビルに住み着いて、朝から晩まで学校を観察していると言い張っている。マツリカさんが一切の嘘をついていないとしたら、どうだろう？　なにか、たまたま学校に足を運んだところを、小西さんに見られただけなのだとしたら——。

どう考えても、単位足りなくて、卒業なんてできないじゃん。

全身から血の気が引いていくような気がした。僕は、自転車で帰ろうとしているクラスメイトの田口(たぐち)君を見つけて、慌てて声をかけた。必死に頼み込んで、十分ほど自転車を貸してもらう。代償はジュース一本だった。田口君の自転車を漕(こ)いで、猛スピードで駅まで走る。財布の中身を確認して、駅近くにあるマネケンでワッフルを買う。

そうだ。大学、どこへ行くんですかって聞いたとき、あのひと複数の大学を挙げていたじゃん。普通なら、もうあの時期には進路が確定しているはずだった。普通に卒業して、普通に受験をしたのなら——。

そう、僕には想像ができない。現実味が欠片も持てないんだ。

僕の知っているマツリカさんは、普通に授業を受けたりしないし、普通に受験したりなんかしない。あの人は、朝から晩まで、双眼鏡を使って学校を観察している、魔女みたいな変人なんだ。

それが、僕の知っているマツリカさんなんだ。

もう一度、自転車で学校まで戻る。一刻を争うような気がした。そうでなければ、またとんでもないことを言いつけられるかもしれない。それもいいかな、なんて胸の中で弾む、温かな気持ち。

僕は田口君に悪いなぁと思いながら、自転車を乗り捨てて、開いているシャッターに身体を滑り込ませた。

"MATSULICA MAJORCA"closed.

解説

高倉優子（フリーライター）

「男」とひと括りにするのは失礼かもしれないが、男性の多くはツンデレ美人に文字通り、冷たく優しくあしらわれてみたいという願望を持っているものなのだろうか？ある美女は「モテるためには絶対に男に尽くしちゃダメ。食事の席でも料理をよそったり、お酌をするなんてもってのほか。相手に働いてもらってナンボなのよ」と言っていた。「そんなの無理。モテるモテない以前に、人としてどうかと思う」と反論する私を冷めた目で見つめながら、「バカね、いろいろ尽くしてもらったあと、にっこり微笑み返すだけでいいの。それが何よりのご褒美になるのよ」と、美女は続けたのだった。

なるほど、彼女の言ったことはあながち間違ってはいないのかもしれないと、本書『マツリカ・マジョルカ』を読んで思った。

主人公の柴山祐希は、ルックスがいいわけでも成績がいいわけでもなく、クラスに居場所がないと感じている高校一年生。当然非モテで、昼休みと放課後の決まった時間に姉に電話を掛けるほどのシスコンというおまけ付きだ。イケてない草食男子の代表選手のような彼が学校のそばにある廃墟（はいきょ）となった雑居ビルで、マツリカと名乗る謎の美少女と出会うところで物語は幕を開ける。

　腰の辺りまでまっすぐに伸びた黒髪が印象的な女の子だった。こんなに髪の長い子は見たことがない。

　彼女の眼はじっと僕を見つめていた。切れ長の、大きな眼だった。女の子に熱心に見つめられたのは初めての経験で、どんどん顔が赤くなるのを自覚する。

こんな表現から、マツリカの神秘的な美しさと、祐希が彼女の不思議な魅力に瞬時に惹（ひ）きつけられたことが容易に読み取れる。が、マツリカはただの美少女ではなかった。〝スーパー・ツンデレ〟（ついでに頭脳明晰（めいせき））の美少女だったのだ。

「おまえ、名前は?」と初対面の祐希に「おまえ呼ばわり」するわ、学校で起こる事件の探偵役を押し付けるわ、その結果を逐一メールで報告させるわ、雑居ビルに立ち入っていいのは二日に一度だけというルールを押し付けるわ、「柴犬」というあだ名を勝手につけるわ、「おまえ、つまらない人間ね」などとひどい言葉を投げかけるわ……。まったくもって散々な扱いなのだが、祐希は怒るどころか、どこか嬉しそうですらあり、ほいほいマツリカの言いなりになっているのだ。

男たちにとって美人がくれる「微笑み」がご褒美であるのならば、祐希にとってのそれは、マツリカの真っ白な太腿をチラ見することや、ストロベリーのような甘い髪の香りを嗅ぐことであり、勉強を教えてもらうことでもある。柴犬が飼い主からもらえるエサよろしく、祐希はどんなにぞんざいに扱われようとも、雑居ビルに足しげく通うのだった。そこにはツンデレ美人と草食男子、いや女王様と下僕の絶対的な主従関係が成立しているのだった。

本書は、そんなマツリカが祐希を安楽椅子探偵のごとく動かし、学校で起こる事件や謎に迫っていく形式を取る四話からなる連作短編。いわゆる日常の謎をテーマにした学園ミステリである。

夕方になると旧校舎の裏にどこからともなく原始人が現れ、謎の雄叫びを上げながら校庭の向こうへと全力疾走して消えていく――。そんな噂の真相を探るようマツリカに依頼され、祐希は原始人の監視をすることになった。原始人なんて本当にいるのか？　それともよくある「学校の怪談」なのか？　卒業生である教育実習生たちを巻き込み、物語は思わぬ方向に展開していく。（「原始人ランナウェイ」）

写真部員の小西さんに誘われ、学校の裏山での肝試しに参加した祐希は、いるはずのない女の子の泣き声を聞いた。それはその山で眼を失ったという少女の幽霊だったという噂が広まり……。（「幽鬼的テレスコープ」）

マツリカからの指令で、毎年文化祭に出没するという「恐怖ゴキブリ男」を捕まえることになった祐希。が、隣のクラスの出し物である演劇の衣装が消え、小西さんの頼みで、同時に衣装を捜すハメになってしまう。（「いたずらディスガイズ」）

そして、祐希とマツリカの距離が少しだけ近くなるような出来事が起こる「さよならメランコリア」。

さらりとした筆致でぐいぐい読ませ、十分に惹きつけたところでスカッと謎を解いてみせる。また、それぞれが独立した物語でありながら全体を通して読むことで、ある大きな秘密が解き明かされるという仕組みになっている。文章のうまさはもちろん、伏線の張り方、回収の仕方などミステリ小説として非常に質が高いのが特長だ。

ちなみに「原始人ランナウェイ」は、二〇一一年三月、その年に発表された推理小説の中で最も優れていた作品に与えられる日本推理作家協会賞（第六四回、短編部門）の候補作にもなった。惜しくも受賞は逃したが、当時、デビューして一年半だったことを考えれば非常に名誉なことだと思う。

ここで改めて著者について紹介してみよう。相沢沙呼氏は一九八三年生まれの三三歳。二〇〇九年二六歳のとき、東京創元社が主催する推理長編の文学賞「鮎川哲也賞」を受賞してデビューを果たした。デビュー作『午前零時のサンドリヨン』は、主人公の須川が一目惚れした、ちょっと翳のある女子校生マジシャンの酉乃初が、そのマジックの腕前を駆使して学校で起こる不思議な事件を解決していく青春ミステリ。気弱な男子高校生が美少女と組んで探偵役を務めるという構図は、著者の十八番スタイルなのだ。

受賞時、選考委員の北村薫氏から「高校を舞台にしながら、筆致から感じられるのは若さ以上にむしろ《老練》」、山田正紀氏からは「とにかく達者な印象で、文章もいちばん練れていた。ポップでとてもいい作品」などと高評価を得ていたのが印象的だった。

また著者本人は受賞のコメントで次のように語っていた。一部抜粋して紹介する。

作品の中には、自分の好きな要素をたくさん詰め込みました。タグを付けて保存するとしたら、「マジック」「恋愛」「高校生」「青春」「密室」「日常の謎」「太腿」

でしょうか。わりと甘くて優しいお話が好きなので、結果的にふわふわのスイーツのようなお話になりました。

デビューの翌々年には「西乃初の事件簿シリーズ」第二弾となる『ロートケプシェン、こっちにおいで』を上梓。そして、その翌年の二〇一二年には本書『マツリカ・マジョルカ』を発表するわけだが、デビュー作シリーズ同様、著者の好きな要素のほとんどが詰め込まれていたことに驚いた。「マジック」以外はすべて入っていたといっても過言ではない。さらに「廃墟」「耽美」「妄想」といったキーワードが加わったという感じだ。

やはり、作家は自分の好きな土俵に立って勝負するのが一番いいのだと実感した。本人が生き生きと書いていることはちゃんと読者にも伝わってくるし、おかげで、読み手も登場人物のひとりになって「恋愛」「青春」「高校生」という世界観に没頭することができるのだ。これぞ読書の醍醐味ではないだろうか。

それにしても、マツリカさんの色っぽさは同性が読んでいてもドキドキさせられる。祐希も彼女の行動を盗み見てときめいたり、よからぬ妄想を膨らませていたりする。

彼女の指先は、ピンクのリップクリームを手にしていた。ルージュを引くように、スティックの先端が唇に当てられ、微かに濡れて光る。唇の端まで遅々と移動するリップクリームの先端を、僕は暫くの間見つめていた。棒状のそれが、彼女の唇の輪郭を舐めるようになぞり、艶やかな光沢を増していく。それが下唇を押すときの、僅かな柔らかい反動。唇の隙間に浅く入り込むときの、それへと意識を集中させているような彼女の表情。マツリカさんはなにも言わなかった。桜色の唇が閉ざされ、その感触を確かめるように艶めかしく動く。

マツリカさんはベッドに寝そべったまま、少し不愉快そうに眼を細めた。微かに身じろぎを繰り返すと、毛布に隠れていた下肢が蠢く。シーツの上を滑らせて、白い脚が滑らかに現れる。まるでシュークリームのシューを割って、中から甘くとろけそうなクリームが溢れ出るかのようだった。白い太腿に、自然と目が釘付けになる。その美味しそうな光景に、ほんの数秒前に決心した僕の紳士の心は、早くも打ち砕かれそう。ていうか、下はジャージじゃないの？　もしかして、スカート？　それとも、なにも穿いていないのか？　ど、どうなってるの……。

まったく計算していないのか、それとも確信犯的行動なのか――。マツリカさんは祐希の前では自然体で、繕うことを一切しない。その様子を、息を潜めて見つめる祐希は「恋する男子」というよりは「ご主人様に忠実に仕える犬」といったほうが似合うのだが、その弄ばれている感じがかわいらしく、読んでいて最高に楽しい。

　男子高校生の性の目覚めをつぶさに描いた青春小説として、かなり秀逸なのだ。続編にあたる『マツリカ・マハリタ』を発表した際、雑誌「小説 野性時代」で著者にインタビューする機会を得たのだが、次のようなことをおっしゃっていた。

「このシリーズはもともと、マツリカさんみたいな女の子が書いてみたくて書き始めた作品。ネタが浮かばなくてなかなか苦労したけれど、彼女のセクシーなシーンを描くのはとても楽しかったです」と。


　最後になったが、本書が「恋」とか「性」といった青春的キーワードだけに終始せず、「生」という重みのあるテーマを扱っているということにも触れておきたい。過去の出来事により心に傷を負った祐希のみならず、どこか生きづらさを抱える人たちに寄り添う描写も多く見られるのだ。自分の居場所が見つけられない、誰にも理解されない――。そんな人たちにとって、誰かとの出会いによって心に光が射すことがあるということ。そして「どんなことがあっても生きようよ」というメッセージが感じられる優しい作品なのだ。

　青い季節の渦中にいる人も、とうに過ぎたという人も……。もぎたてのストロベリーの香りが満ちるフレッシュな世界観を思う存分味わってほしい。きっと甘酸っぱい青春時代を追体験できるはずだ。

本書は二〇一二年二月、小社より単行本として刊行されました。

マツリカ・マジョルカ

相沢沙呼（あいざわさこ）

平成28年 2月25日　初版発行
令和7年 5月15日　13版発行

発行者●山下直久

発行●株式会社KADOKAWA
〒102-8177　東京都千代田区富士見2-13-3
電話　0570-002-301（ナビダイヤル）

角川文庫 19617

印刷所●株式会社KADOKAWA
製本所●株式会社KADOKAWA

表紙画●和田三造

●お問い合わせ
https://www.kadokawa.co.jp/（「お問い合わせ」へお進みください）
※内容によっては、お答えできない場合があります。
※サポートは日本国内のみとさせていただきます。
※Japanese text only

ISBN978-4-04-102304-4　C0193

角川文庫発刊に際して

角川源義

第二次世界大戦の敗北は、軍事力の敗北であった以上に、私たちの若い文化力の敗退であった。私たちの文化が戦争に対して如何に無力であり、単なるあだ花に過ぎなかったかを、私たちは身を以て体験し痛感した。西洋近代文化の摂取にとって、明治以後八十年の歳月は決して短かすぎたとは言えない。にもかかわらず、近代文化の伝統を確立し、自由な批判と柔軟な良識に富む文化層として自らを形成することに私たちは失敗して来た。そしてこれは、各層への文化の普及滲透を任務とする出版人の責任でもあった。

一九四五年以来、私たちは再び振出しに戻り、第一歩から踏み出すことを余儀なくされた。これは大きな不幸ではあるが、反面、これまでの混沌・未熟・歪曲の中にあった我が国の文化に秩序と確たる基礎を齎らすためには絶好の機会でもある。角川書店は、このような祖国の文化的危機にあたり、微力をも顧みず再建の礎石たるべき抱負と決意とをもって出発したが、ここに創立以来の念願を果すべく角川文庫を発刊する。これまで刊行されたあらゆる全集叢書文庫類の長所と短所とを検討し、古今東西の不朽の典籍を、良心的編集のもとに、廉価に、そして書架にふさわしい美本として、多くのひとびとに提供しようとする。しかし私たちは徒らに百科全書的な知識のジレッタントを作ることを目的とせず、あくまで祖国の文化に秩序と再建への道を示し、この文庫を角川書店の栄ある事業として、今後永久に継続発展せしめ、学芸と教養との殿堂として大成せんことを期したい。多くの読書子の愛情ある忠言と支持とによって、この希望と抱負とを完遂せしめられんことを願う。

一九四九年五月三日

角川文庫ベストセラー

朧月市役所妖怪課　河童コロッケ　青柳碧人

希望を胸に自治体アシスタントとなった宵原秀也は、赴任先の朧月市役所で、怪しい部署に配属となった。妖怪課――町に跋扈する妖怪と市民とのトラブル処理が仕事らしいが!? 汗と涙の青春妖怪お仕事エンタ。

朧月市役所妖怪課　号泣箱女　青柳碧人

秀也の頑張りで少しずつチームワークが出てきた妖怪課の前に、謎の民間妖怪退治会社〈揺炎魔女計画〉が現れた。妖怪に対する考え方の違いから対立することになるが、その背後には大きな陰謀が……!?

朧月市役所妖怪課　妖怪どもが夢のあと　青柳碧人

妖怪課職員としての勤務も残りわずかとなった秀也は、自らの将来、そして、自分を慕う同僚のゆいとの関係に悩んでいた。そんな中、凶悪妖怪たちが次々と現れる異常事態が!? 秀也、朧月の運命は――!?

判決はＣＭのあとで　ストロベリー・マーキュリー殺人事件　青柳碧人

裁判がテレビ中継されるようになった日本。番組から誕生した裁判アイドルは全盛を極め、裁判中継がエンタテインメントとなっていた。そんな中、裁判員として注目の裁判に臨むことになった生野悠太だったが!?

東京ピーターパン　小路幸也

平凡な営業マン・石井は、仕事の途中で事故を起こしてしまう。パニックになり、伝説のギタリストでホームレスのシンゴ、バンドマンのコジーも巻き込んで逃げた先は、引きこもりの高校生・聖矢の土蔵で……。

角川文庫ベストセラー

ナモナキラクエン　小路幸也

「楽園の話を、聞いてくれないか」そう言って、父さんは死んでしまった。残された僕たち、山（サン）、紫（ユカリ）、水（スイ）、明（メイ）は、それぞれ母親が違う兄妹弟。父さんの言う「楽園」の謎とは……。

ネガティブハッピー・チェーンソーエッヂ　滝本竜彦

「雪崎絵理は戦う女の子だ。美少女戦士なのだ」。目的を失った日々を〝不死身のチェーンソー男〟との戦いに消費してゆくセーラー服の美少女絵理と高校生山本の切ない青春。青春小説の新たな金字塔。

NHKにようこそ！　滝本竜彦

ひきこもりの大ベテラン佐藤は気づいてしまった。人々をひきこもりの道へと誘惑する巨大組織の陰謀を！――といってどうすることもなく過ごす佐藤の前に現れた美少女・岬。彼女は天使なのか、それとも……。

うちの執事が言うことには　高里椎奈

烏丸家の新しい当主・花穎はまだ18歳。誰よりも信頼する老執事・鳳と過ごす日々に胸躍らせ、留学先から帰国したが、そこにいたのは衣更月という見知らぬ青年で……。痛快で破天荒な上流階級ミステリー！

うちの執事が言うことには　２　高里椎奈

名門・烏丸家の第27代当主となった18歳の花穎（かえい）。22歳の新しい執事・衣更月（きさらぎ）と共に事件解決に乗り出すが……発展途上主従の織りなす上流階級ミステリ第2弾！

角川文庫ベストセラー

角川文庫ベストセラー

モナミは世界を終わらせる？　はやみねかおる

高校生の萌奈美は「おまえ、命を狙われてるんだぜ」と突然現れた男にいわれる。どうやら世界の出来事と、学校で起きることが同調しているらしい。はたして無事に生き延びられるのか……学園ミステリ。

万能鑑定士Qの事件簿（全12巻）　松岡圭祐

23歳、凜田莉子の事務所の看板に刻まれるのは「万能鑑定士Q」。喜怒哀楽を伴う記憶術で広範囲な知識を有す莉子は、瞬時に万物の真価・真贋・真相を見破る！　日本を変える頭脳派新ヒロイン誕生!!

特等添乗員αの難事件　I　松岡圭祐

掟破りの推理法で真相を解明する水平思考に天性の才を発揮する浅倉絢奈。中卒だった彼女は如何にして閃きの小悪魔と化したのか？　鑑定家の凜田莉子、『週刊角川』の小笠原らとともに挑む知の冒険、開幕!!

特等添乗員αの難事件　II　松岡圭祐

水平思考―ラテラル・シンキングの申し子、浅倉絢奈。今日も旅先でのトラブルを華麗に解決していたが……聡明な絢奈の唯一の弱点が明らかに！　香港へのツアー同行を前に輝きを取り戻せるか？

特等添乗員αの難事件　III　松岡圭祐

凜田莉子と双璧をなす閃きの小悪魔こと浅倉絢奈。水平思考の申し子は恋も仕事も順風満帆……のはずが今度は壱条家に大スキャンダルが発生!!　〝世間〟すべてが敵となった恋人の危機を絢奈は救えるか？

角川文庫ベストセラー

特等添乗員αの難事件 Ⅳ　松岡圭祐

ラテラル・シンキングで0円旅行を徹底する謎の韓国人美女、ミン・ミヨン。同じ思考を持つ添乗員の絢奈が挑むものの、新居探しに恋のライバル登場に大わらわ。ハワイを舞台に絢奈はアリバイを崩せるか?

特等添乗員αの難事件 Ⅴ　松岡圭祐

〝閃きの小悪魔〟と観光業界に名を馳せる浅倉絢奈に1人のニートが恋をした。男は有力ヤクザが手を結ぶ一大シンジケート、そのトップの御曹司だった!! 金と暴力の罠を、職場で孤立した絢奈は破れるか?

コロヨシ!!　三崎亜記

高校で「掃除部」に所属する樹は、誰もが認める才能を持ちながらも、どこか冷めた態度で淡々とスポーツとしての掃除を続けていた。しかし謎の美少女・偲の登場により、そんな彼に大きな転機が訪れ――。

決起! コロヨシ!!2　三崎亜記

芸術点と技術点を競うスポーツ「掃除部」主将となった藤代樹。全国第3位の成績を修めるが、師と仰ぐ顧問が姿を消してしまい!? (本書は単行本『決起! コロヨシ!!2』を分冊し、文庫化したものです)

終舞! コロヨシ!!3　三崎亜記

「掃除」のパートナー「対」である偲とともに練習に励む樹。しかし「掃除」の国技化をめぐる争いに巻き込まれ――。(本書は単行本『決起! コロヨシ!!2』を分冊し、文庫化したものです)